U0642026

XIAOJING FUMU GUSHI
XINBIAN

孝敬父母故事新编

万千　编著

人民东方出版传媒
东方出版社

目　录

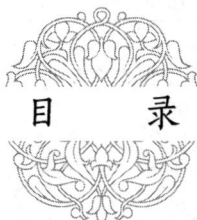

序

孝敬父母乃中华民族的传统美德。从周秦到汉唐到明清，从《孝经》到《二十四孝》到《百孝图说》，几千年的文明史，无不倡导孝德。先贤孔子提出"孝者德之本也"的人伦天理，政治家标举"孝悌忠信"、"以孝德治天下"的道德法规，尽皆昭示孝敬父母、重视伦德的必要性。

诚然，封建礼教及其宗法制度，把孝道推到违情悖理的极端，宣扬"愚忠"、"愚孝"是不对的；而商品社会有的人与人之间"赤裸裸的金钱关系"，又破坏了"家庭的脉脉温情"，更是违反了人性、人情，极不道德的。当今一些人不懂得孝敬父母，不赡养老人，不过问老人的疾苦，蔑视老人的权利，乃至虐待打骂老人，这种人非但丧失良知，违背人伦，甚至比禽兽不如——"羊有跪乳之恩，鸦有反哺之义"，何况于人呢？

由此，我们应当扪心自问了：

"身体发肤，受之父母"，没有父母的生育，我们从何来到这个世界？衣食住行，看病服药，无不承蒙父母的关照，没有父母的辛苦养育，我们何能健康成长？父母是第一任教师，我们上学读书，十年、二十年，父母要为我们挣钱、奔波、焦虑，又要付出多少代价？没有父母、老师，我们怎可成为有知识文化，于社会有用的人才？古人说得好，"头上的青丝数得尽，父母的恩情说不完"啊！我们怎么可以不孝敬父母、报答父母的深恩呢？

为了继承和发扬传统美德，培养具有高尚道德情操、高度文化修养的一代代新人，国家教育部颁发的中小学生《日常行为规范》和《德育纲要》，明确要求要教育学生：在思想感情上，对父母养育自己付出的辛勤劳动，要有发自内心的爱戴和感激之情；在行为态度上，"要尊重父母的意见和教导，经常把生活、学习、思想情况告诉父母"，要"关心父母身体健康，主动帮助父母做事"，要"尊敬父母体贴帮助父母、祖父母、外祖父母，关心照顾长辈"，"对长辈有意见，有礼貌地提出，不要脾气，不顶撞"等等。全国人大颁布的《老年人权益保护法》，对子女孝敬父母、赡养老人，又从法律的角度规定了若干具体条文。中国香港第一任行政长官董建华在就职演说中响亮地提出了孝顺父母的口号。新加坡制定了《孝顺法》，许多海外华人都始终保持了孝敬父母、热爱祖国的优良传统。由此可见，当今社会，对青少年进行孝敬父母的宣传教育很有必要。我们倡导孝敬父母，是和尊敬师长联系在一起的——"一日为师，终生为父"，没有父母的养育和老师的教导，人类便难于繁衍，文化便不能传承，社会便无以进步。

我们倡导孝敬父母，是和热爱人民、热爱民族和国家联系在一起的。"老吾老以及人之老"，忠臣名士"出自孝子之家"，爱的教育自亲人始，由孝敬父母长辈而推及热爱人民、民族和国家。所谓"修身，齐家，治国，平天下"，即修身敬亲、学业有成、善待百姓、报效国家，正是这个道理。

我们倡导孝敬父母，是和维护家庭和睦、社会安定联系在一起的。"家和万事兴",而家庭又是社会的细胞。试想,如果家庭不和睦,人们怎么可能心情舒畅地从事生产经营文化科学艺术活动?如果子女不赡养老人,社会不仅要增加负担,而且将出现怎样不安定的局面?

孝敬父母的教育应从孩童青少年抓起。从教数十年的万千老师编著《孝敬父母故事新编》(香港再版更名《孝亲谱》),其出发点正基于此,用心可谓良苦。

《孝敬父母故事新编》(《孝亲谱》),既继承了优秀的文化传统,又区别于古代那些包藏封建道德的读物。作者用历史唯物主义和现代人的观点,选取和审视了大量的历史资料,用文学手法从不同侧面表现古代名人孝敬父母的高尚行为和情操。语言清新活泼,而无文言艰涩难懂之弊;故事颇具传奇色彩,人情味十足,具体生动,感人至深,而无违情悖理、空洞说教之嫌。且辅以著名画家精心绘制的插图,形象鲜明,使人在阅读欣赏中自然而然潜移默化,受到教益。《孝敬父母故事新编》(《孝亲谱》)是一部思想性、艺术性、可读性强,进行传统美德教育,建设社会主义精神文明的好作品,希望能得到广大学生、家长乃至全社会的重视和欢迎。

四川省教委原主任 颜 振

一 千古一少女

今天是山东太仓县令淳于意的四十寿辰。这淳于意为官已经十年有余，却一向不喜欢官府那种讲排场、绷体面、铺张浪费的积习。

他拒绝了一切官绅士农的好意，只愿意关起门来与夫人和五个女儿共享他生日的快乐。

说起淳于意的五个女儿，那真是个个长得如花似玉，聪明乖巧，恰似花香随风——芳名远播了。即使在重男轻女的汉代，淳于意也以有一窝女娃而感到骄傲，无论在官场上多累多烦，只要一回到家便倍觉欣慰。

为庆祝父亲的诞辰，五个女儿都想讨他的欢喜，而各尽孝心，竞技逞能。有的敬献刺绣珍品，有的侍奉美味佳肴。厅堂正面那个斗大的剪纸"寿"字，是三女缇萦的精心制作，挂在"寿"字两旁的条幅寿庆祝辞也是出自缇萦的锦心绣口和她善于书法的纤纤素手。

淳于意从衙门一回到家，女儿们便围着他，跑来跑去，叽叽喳喳，似莺歌燕舞，满院子都充溢着洋洋喜气。

他被簇拥着来到厅堂。"寿"字两旁的条幅特别引起他的兴趣。

左边一幅：

　　　　福如东海，寿比南山。

"嗯，书法倒还古朴苍劲，浑厚饱满。可内容不过是陈词滥调，没有新意。"

"爹爹！"缇萦娇嗔道，"人家祝你长寿不好吗？你看看右边那幅嘛，好不好？"

淳于意念道：

　　　　父母官保一方平安，安也不安？

　　　　儿女父享合家欢乐，乐也不乐？

还未念完便乐呵呵笑个不停。

"爹爹，到底咋样嘛！"

淳于意点着缇萦玉琢般的鼻尖：

"你生就是个小调皮！就会说俏皮话。"

"这可不是俏皮话。"缇萦一本正经，"你身为地方官该保一方平安嘛！"

"可是你问'安也不安'啦？"

"是嘛，爹爹到太仓县两年多，关心民间疾苦，百姓安居乐业，盗匪是没有了，可我听说，张大妈家那只小花猫前天晚上被人偷走了呢，我不可以再问一问'安也不安'吗？"

"对对，该问该问，不过地方治安真要做到连小猫小狗都不丢失，却也难呐！"

"那么，爹爹你心里安也不安呢？"

"当然不敢说我就心安了嘛！"

"那么，爹爹你享合家欢乐，'乐也不乐'呢？"

"乐乐乐，爹一回家就乐得很嘤！哈哈……""真的呀！"五个女儿围住父亲，有的倚肩，有的拉手，有的牵衣，似众星捧月。淳于意乐得合不拢嘴，像个快乐的皇上，还有什么"乐也不乐"呢？在寿宴上，缇萦笑话连篇，花样儿百出，乐得淳于意更是忘乎所以了。

然而乐极生悲。就在寿庆的第二天，京城的朋友捎来口信，他被人告发了……

淳于意躺在床上，一夜未能合眼。

秋月圆圆的，在长空游弋。斑驳的树影，从东窗移到西窗，夜，在沉沉的滴漏声中，一分一秒地逝去。灾难就要降临了，他将被罢官，解押京城治罪，甚至会处以肉刑，割鼻断趾，一个美满幸福的家庭就要离散了。天啊！我淳于意纵有过失，也不该当此横祸啊！

西窗的树影淡了，一缕曙光透进了东窗。淳于意披衣下床，他要把事情告诉夫人，要尽快安置好五个女儿。

小女缇萦早已站在门外，她等着为父亲请安。一见父亲开门，便立即迎了上去，"爹爹，你起来啦？"她眉开眼笑，一边亲昵地呼唤着，一边为父亲整衣正冠。

父亲望着女儿，凄楚、悲凉之情，不觉从深陷黯黑的眼窝里透出来，骤令缇萦感到不安：

"爹爹，你怎么啦，你怎么啦？"

淳于意抚着女儿的头发，嘴唇颤动，似有千言万语，却一句也没说出。

马蹄声突然响起，接着几个官兵闯进院子，有人大声呼喝。

"淳于意接旨！淳于意接旨——"

来得好快啊！淳于意撇开女儿，踉踉跄跄，急奔前院。

"爹——"

缇萦感到有重大变故发生了，她急忙去叫母亲。

一霎时，淳于意合府哭哭啼啼，五个女儿紧靠着母亲，惊惶失措。

淳于意平时以有五个女儿承欢膝下而感到骄傲和欣慰。此时，见女儿们哭成一团，不知所措，却无一男子为他出谋划策、排忧解难。他突然觉得：生女到底不如生男，祸事来了，女儿再多，也一无用处。他长叹一声，见女儿们仍在不住啼哭，竟至暴躁起来，他大声喝道：

"哭，哭，女孩子就知道哭！哭有什么用？谁叫你们没一个哥哥？一有事谁能帮我？"

他从来就称得上是一个贤夫慈父啊，可今天……

夫人满面羞惭，五个女儿哭得更加凄楚。

他已被带上枷锁，就要离开他一向温馨的家了。

蓦地，缇萦从母亲手中挣脱出来。她咬住嘴唇，极力忍住悲痛，双膝一屈，跪到钦差面前，抹着眼泪，说道：

"……小女缇萦，请求随侍家父待罪上京。请……请大人恩准。"

缇萦的举动使在场的人都大为惊讶，钦差踌躇着：

"这个……"

"不许胡闹！缇萦……"父亲见状，跺脚呵斥，更加暴躁了。"你一个小女娃子，说什么昏话？"可缇萦长跪不起。钦差只好答应了她的请求。

淳于意披枷带锁被押解上路。一路上缇萦为父亲穿衣，梳头，洗脚，侍饭，其孝心令钦差也深为感动。

……且说淳于意被押到长安，投进监狱待审。缇萦住在父亲的朋友家里。世伯世母虽也十分同情，却因官卑职小，一筹莫展。缇萦没日没夜，四处奔走，闯过许多衙门，见过许多官员。一个少女，以她非凡的勇敢和智慧，赢得不少人的称赞和关注，但却终因各自的不便而爱莫能助。

皇帝诏令要对淳于意审讯治罪，谁能扭转乾坤？

到京城已十多天了，万般无奈，缇萦也只有终日以泪洗面，唯听天由命而已。

一夜，她从梦中惊醒。

在梦中，她见父亲眼睛被挖去一只，左腿被砍断了，血淋淋的，痛苦万状，在阴森森的山谷里爬行。几只野狼，瞪着绿莹莹的眼睛，逼近她的父亲……

"爹爹——"她惊叫着，从床上一骨碌坐起：一定要救出父亲！她在心中大喊。

别无他法了，她点燃灯，伸开竹册，握住笔，奋笔疾书。她要上书皇帝，上书皇帝！若因此而恼怒了皇帝，纵令被打入十八层地狱，也在所不辞。

天未亮，她已跪到皇宫门口。可一次又一次被武士驱赶。两天后，一个好心人告诉她：去见张丞相。丞相府是进不去的，但可在他上早朝的时候突然遮道大声喊冤。果然，她的诉状被张丞相直接呈送到了汉文帝的手里。

缇萦在诉状中，一方面称父亲为官勤政爱民，奉公守法，众所周知；一方面说父亲犯法当罪，但事出有因，实不得已——这就引起了文帝的注意。

诉状下边写道：

人，一旦获罪，便处以肉刑，残肢断体，手脚无由复出，终身残疾，何等痛苦；如果因罪被诛，死了永远不能再生，留下一家老小，又是如何的凄惨！而且罪臣被残被戮之际，即使幡然悔悟，欲改过向善，重新做人，戴罪立功，报效皇上，也无从做到了……皇上我主啊，英明神圣，宸衷仁慈，怀敌附远，天下同颂，即如民女，年少无知，亦常引领，西向仰慕。仁慈我主啊，何不改弦更张，简法省刑，以顺应天理人心？若如是，则天下幸甚，民女幸甚！

文帝始而默观，继而朗诵，反复两次，感慨系之：肉刑苛严如是，朕何以从未想过？可我朝廷内外，臣僚如林，竟至无一人如此提醒朕躬。一个女子却是这般通人性，知天意，实实难得，实实难得啊……且看下文还有什么。

……如父罪受刑，残肢断体，身为其女，其心何痛，其情何哀？且尚有母亲、姐妹四人，流离颠沛，其身何依，其状何苦？民女无能，唯请舍身没为官婢，当牛做马，任人奴役，以赎父罪，以全家小。倘蒙圣上大慈大悲，大恩大德，怜念民女区区私情，赦宥父罪，免用肉刑，妾当朝暮焚香顶礼，没齿而敢或忘！若能再世，亦当结草衔环，以报皇恩……

汉文帝原本心怀仁德，而且也是历史上著名的孝子。读到这里，禁不住流下了眼泪。蓦地萌生了一个念头，立即下诏，他要亲自接见这个聪明贤孝、舍身救父的女子。

待缇萦上殿，来到他的面前，他更受到极大的震撼：原来还是一个十三四岁的小姑娘啊！她高挑挑的身材，柔细如柳，面容俊美得胜过任何一位宫中娇娃，惜乎苍白得没一点儿血色。她是担心她的父亲，在为她父亲受苦呢！这更使文帝倍加怜惜。

“缇萦，怎么不抬起眼睛？”

“小女子敬畏皇上。”

“啊……”文帝从宝座上走了下来，“看着朕，朕也想好好看看你。"

缇萦听了文帝安抚的话，她那长长的睫毛覆盖下的眼睑徐徐睁开，啊，明净似水，晶莹如珠——人整个儿一下就鲜活起来，只是从那里还流露出无尽的凄楚，在凄楚中又含着深切的乞求。

文帝细细端详着缇萦，突然下旨：

"伺候文房四宝！"

大臣们不知文帝要做什么，疑惑互望。可缇萦不惊不诧，她似已猜到了文帝的心理。但待宦侍把文具预备好后，文帝却突然向缇萦发问：

"缇萦，你在诉状中说当今的刑法苛严，那么和秦法比较如何？"

"秦法苛酷如虎，繁多如麻，黎民动辄得咎，不堪其苦，怨声载道。故我朝先皇高祖破关灭秦，行政执法，恰与亡秦相反，他的《约法三章》，深得民心，故而得了天下。"丞相微笑着，不断点头。文帝心中也暗暗称奇：这小女子见识不凡，口齿极其伶俐。

"可是建汉以来……"

"建汉以来怎么啦？"文帝忙问。

"小女子不敢说……"

"言者无罪，你尽管说！"文帝还想听下去，背着手，探身站到缇萦面前，鼓励她。

缇萦忽闪着眼睛探测文帝的心理：

"皇上若治小女子的罪，小女子甘心承受；可是怕……"

"还怕什么？"

"怕牵连我的爹爹。"

"啊？哈……"这小女子一心系念她的爹爹，伶俐中又透出稚气，惹得文帝呵呵地笑了。

"朕不治你的罪，更不株连你的爹爹。这下可以说了吧？不信？我们来击个掌？"说着首先把手伸到缇萦面前。

缇萦听周围的大臣们都在小声地笑。她扑闪着眼四处瞧瞧，特别注意到了张丞相笑眯眯地鼓励的眼神。于是她伸出手在文帝的手心上怯怯地轻轻地拍了一下。

"哈……"文帝大笑。

"哈……"群臣尽都快活地笑了。

"那么，我说啰？"缇萦的精神压力减轻了，她娇声呖呖，如莺啼燕语，而谈论的却是古今的大事。她说，"建汉以来，刑法又渐趋严峻，虽较前秦简省一些，但仍然苛酷。动辄就割鼻，挖眼，断趾，刺字，剃光头，人违人性天理。上天有好生之德，帝王为上天之子，岂可不顺天行道？"群臣见文帝脸上的颜色骤变，尽都为小女子担心。可缇萦一旦说开，便收不住口了：

"这已远远离开了先帝高祖《约法三章》的原则。秦以严刑峻法而亡，汉以省刑减法而兴。'前事不忘，后事之师'；高帝之遗训，不得不遵……"

"且慢！"文帝脸色阴沉地说，"照你说来，还要不要刑法？嗯？你爹娘打过你吗？"

"爹娘从未打过我，因为我尚无重大过失。"缇萦继续朗朗陈述："无法无以治天下，而法苛亦可乱天下。立法之轻重当审时度势：治乱世必用重刑，无重刑无以镇奸邪；治盛世，则应广施仁义，教化为本，辅以刑法。"

"嗯，有道理，有道理！"文帝脸色转和，频频点头。"那么当今是乱世还是盛世呢？"

缇萦笑了。

"自皇上您君临天下以来，省徭役薄税敛，实行三十税一，百姓安居乐业，天下太平，当然是盛世，而且是自春秋战国数百年来从未有过的盛世。所以正当推行仁政，减省肉刑，以教化为本嘛！"

"哈……"文帝听到这里，兴奋得龙颜大开，他环顾群臣，"小缇萦说得对不对呀？"

于是殿堂上颂声大作：

"皇上英明！"

"万岁！万万岁！"

"哈……"

文帝在批阅缇萦诉状时大受感动，但退而思之，又疑心是他人代笔，至此才完全相信，缇萦诉状确实出自小女子本人之手。但他还要试试她的文笔。他赐她一幅白绢，叫她把刚才关于教化与法治的论证写下来。

缇萦一边写，文帝、丞相与众大臣一边看。众人莫不啧啧赞赏：书法娟秀，论述雄辩，文理畅达。

"缇萦，还有什么话要对朕说么？"

缇萦急忙双膝跪地：

"小女子愿没入官婢，代父受罪。请皇上开恩！"

"啊？"文帝故作惊诧，环顾群臣，"缇萦说，她要代父受罪，愿没入官婢，你们哪位爱卿要她做奴婢吗？嗯？"

群臣不知文帝意图，尽都如堕五里雾中。只有张丞相摸着胡须笑眯眯地说：

"如果皇上肯推爱于人的话，老臣倒是想要这块碧玉。"

"你敢！你老休得痴心妄想！"文帝指着丞相的鼻子，故作威吓，大声斥责，"谁也别想从朕手上夺走。哈……"

大臣们都以为文帝要把缇萦留在自己的身边。谁知文帝开怀大笑之后，疾步回到宝座之上，严肃下旨：

"朕已查明，淳于意开仓放粮，实为赈济灾民，并非中饱私囊，而罪在先斩后奏，罚俸半年，但朕嘉其教女有方，不另治罪。令放回山东，复官任职。朕素以孝治天下。缇萦人小而堪称大孝，敕令赏宫缎十匹，放其归家，继续侍奉父母，以成全其孝道。"

张丞相忙俯身对缇萦小声道："还不快快谢恩！"

缇萦一颗悬着的心一下子放了下来，不断向文帝磕头：

"小女子谢皇上大恩大德，父母姐妹谢皇上大恩大德……"

近一月来的忧心、悲苦一旦解除，她少女的天性复苏了，哭得像个泪人儿一般。

皇帝从宝座上又来到缇萦身边，把她拉了起来，像安慰一个受委屈的孩子一样慈爱地说："别哭了，朕不是已完全答应你的请求了么？别哭了。不过，你还不能就回山东，你的诉状薄太后——也就是朕的母亲看了，她说她也一定要见见你这个至孝多才的小丫头呢！在宫里玩几天后，再随你父亲回山东好吗？"

"真的呀？"缇萦喜出望外，泪珠还沾在眼睫毛上，却已像在自家屋里一样天真活泼得又说又笑起来。

缇萦被宫人引领去后，文帝重振帝王威严。他下旨传阅缇萦的诉状；他敕令丞相张苍修改刑律，要求尽可能减少减轻肉刑。

向来汉律规定肉刑，约分三种：一为"黥"，就是在面上刻字；二为"劓"，就是割鼻；三为"断左右趾"，就是把足趾截去。经张苍等会议修改后的刑律要点是：罪当"黥刑"的，改充苦工，罚为城旦春（即早晚守城）；"劓刑"改作鞭笞三百；"断趾"改作杖击五百……

这修改后的刑律，比过去的是大大的"人道"了。文帝一一依议，敕令诏诰天下执行。

缇萦在薄太后那儿又得到不少爱抚和奖赏。随后，她跟父亲回到山东。从此，太仓令一家又充溢了幸福和温馨。

有一次，淳于意与夫人闲谈的时候，他自我解嘲地说："我的缇萦幸而是个勇敢聪明的女娃，要是一个懦弱愚蠢的男孩，我早就成为废人了。"说着眼里涌出了泪水。

是的，不仅是淳于意，要不是缇萦上书，推动了汉代刑律的改革，天下有多少人要遭受肉刑的惨苦啊！

二 娥皇与女英

当第一声春雷从华北大地轰轰隆隆滚过，习习的春风、沙沙的春雨，一夜之间给旷莽的黄土高原涂上了一层淡淡的新绿。

万物复苏了。黄河解冻了。一叠叠、一座座冰之块、冰之岩，随着澎湃的春潮，挨挨挤挤、呼呼喝喝，自天山，自昆仑，经由九曲十八弯，汹涌奔腾而来。整整一个冬天，肃穆苍凉的原野，一霎时就喧腾起来，洋溢着青春的欢笑。

此时，黄河之南高高的崖岸上，从苍苍郁郁的密林里走出一位佳人。说"佳人"似远远不足以称其美。应该说是远古华夏的第一美人亦绝非夸张。她，就是尧帝的长公主——娥皇。

娥皇并不妖艳，她那雪白的肌肤、雪白的衣裙，在艳丽的朝辉下，也只显出淡淡的红晕。唯有那猩红绒绒的披风，像一片红霞飘落在她的身上。

娥皇的美全在她那丰腴的体态，那高高隆起的胸乳似囊括了天下女人的全部性感，而那双眼睛，在长而细密的眉睫掩映下，像湖水一样明净而深邃，那其间不知蕴蓄着多深的情、多深的爱。

一声春雷，一夜春风，蓦地拂去了严冬裹在她身上的冰雪，她的心温润起来，躁动起来，一种莫名的渴望，像雨后的春笋，冲破冻土，拔节而长。

她来到了陡峭的崖岸。脚下的黄河，春潮激荡；远处的中条山，似蓝色的剪影。他，还在那蓝色的王国吗？自夏天见过面，整整一个冬天不见他的消息……她扬起面庞，美丽的眸子一瞬不瞬，凝望着……，眼眶都酸涩了，似什么也没看见，一滴清泪涌了出来，蓝晶莹的朝露停在了她的脸上。"姐姐——姐姐——"

随着一声声呼唤，从苍翠的密林中又一个美人儿飞了出来。这是尧帝的小公主，她名唤女英。

女英身材修长而柔细。她那袅袅婷婷的神姿仙态恰似弱柳拂风，飘飘摇摇，时惊时乍；她那艳丽的衣裙，薄如蝉翼，一旦随风飘荡起来，又像粉蝶儿在花间翩翩起舞。她娇美的面庞线条十分鲜明。最惹人怜爱的是那丰满的唇吻，细润润的，热辣辣的，无缘无故不时从那儿发出一串串银铃般的笑声，又如山间的清泉，叮叮泠泠，弹奏出无限的情韵。

"姐姐，我都听到了。"

"听到了什么？"

"虞舜。"

"虞舜怎么啦？"娥皇心里猛跳起来。

"我真后悔没跟他去中条山。"女英怅惘若失，自言自语，"听说一个冬天，他都忙着，组织牧民保护牛羊过冬，带领猎户狩猎，啊，那多有趣呀！……啊啊，不过好危险呐，那野猪蛮劲大得很，狂怒之下拱倒了几棵大松树，可终于被他掀翻了，打得头破血流。嘻嘻，活该那猪倒霉，碰到他这黑大个儿，成了村民们的口中食盘中餐了。嘻嘻……"

娥皇一直紧张地听着。他该没伤着吧，她不愿向妹妹流露出对他的关心。去年夏末，她送他到黄河边……她的头靠在他阔大的胸膛上，像听到黄河在里面奔腾，她的手包在他蒲扇般的大手里，似有千钧之力传到自己的体内。人们说"舜目重瞳"，可有谁比我更靠得近细细看过他的眼睛？他并非有两个瞳仁，而是他的眸子比谁都亮都深邃都看得远，无论何时都神采奕奕，光芒四射啊！如果你对面看他，你会失魂落魄，你整个身心像立即被他那双眼睛吸摄了进去。……啊啊，也是在早晨，也是在这里，她靠着他的肩站着，脚下是奔涌的黄河，遥望那蓝色的王国，听他讲中条山的野猪、大象、黄羊，讲部落、乡亲、父母……她何尝不想随他一道去啊，可是……终于只目送他渡过黄河，目送他高大的身影消失在黄河的北岸……留下的是眼泪，是刻骨铭心的思念……

"嘻嘻，黑大个儿要来了，父王叫他春耕一完就来，嘻嘻……"

女英只顾自己嘻嘻地笑着、乐着，没注意到姐姐隆起的胸脯在剧烈地起伏。要回来了，终于要回来了，沸腾的血液涌上了面颊，像红霞一样发光发亮。

"姐姐，"女英突然转过身来，拉住娥皇的手，眼睛迷迷蒙蒙如梦如幻，唇吻热热辣辣，似开似合，"我想，我想嫁给他……"说着双臂一下搂住娥皇的腰，把发烧发烫的脸埋在她的怀里。

娥皇心中一震，随即又释然地暗笑了。这小蹄子做什么梦？她还不知道姐姐与他……的那些……隐情。

"英妹，你几岁啦？"娥皇明知故问。

"十五岁了嘛！"

"小小年纪，就想嫁人？好不害臊！"说着就胳肢她的腰。

女英一下子蹦开边跑边喊：

"我长大了要嫁给他，一定要……嫁给他……嫁给他……"

哼，真是个小丫头，你靠过他的胸膛吗？你感受过他身上的热力吗？可我……娥皇骄傲地笑了——自去冬以来第一次笑了，她笑得脸上又飞起一抹红云。

她回到自己的宫室，对着镜子立即收拾打扮，她要随时准备迎接他的到来。她每天都等待着，盼望着……

她知道父亲为什么急诏虞舜到京，她自信自己比妹妹更了解虞舜。

父皇年老了，精力不济了。他要把帝位禅让给一位能主持全国大局的贤人。他不能让她没出息的哥哥把天下弄糟。父王认为，天下乃天下人的天下，非一族一姓一家之天下。为什么不能让深受天下人拥戴，而又能掌管好天下、为天下百姓谋福利的贤人来承继他的帝位呢？

三年来，父皇遍访全国的贤良，没有谁不称虞舜的大德大能，在部落酋长联席会上，大家也都一致举荐虞舜……

父皇的心是大公无私的，父皇的选择是力分正确的。

虞舜，他先辈在虞地建国，世代都是部落的显族，虽然现在衰落了。传说他母亲因看见天空巨大的彩虹而兴奋感应，遂怀孕生下了他。在他少年时，母亲不幸病逝，父亲又为他娶了一位继母。继母是一个心眼儿狭窄、自私刁钻的女人。她偏爱亲生的儿子，想赶走虞舜，独占家产，就常常在丈夫面前说虞舜的坏话。本来虞舜从小对父母十分孝顺，对继母也像对生母一样侍奉，对小弟弟也像对同胞兄弟一样爱护，虞舜的父亲怎么会相信女人的话呢？唉，坏话听多了，也就疑神疑鬼了；何况人老了，眼睛也瞎了……

有一天，虞舜从河沟里捉了一些小鱼儿，亲自熬成汤，高高兴兴地给躺在床上的父亲端去。"爹，喝碗鱼汤补补身子吧！"

父亲刚刚伸手去接，站在床边的继母一下子把碗打翻，鱼汤泼在了老头子的身上，女人立即大呼小叫：

"你看啦，你看你这个忤逆不孝的儿子，他是要存心把你烫死呀！"

老头子哪儿看得见呢？他只听到儿子走到床前叫他喝鱼汤呀。虞舜这个"呆子"也不分辩，他宁肯自己受委屈，也不愿让父亲与母亲失和啊！

父亲用拐杖打他，他不躲避；继母恶言咒骂他，也不怨恨。冬天来了，他照常去父亲屋子里生火；继母生病了，他爬到很高很高的山上去采药……

唉，他受的苦、受的委屈太多了……我真为他难过。不过好人终有好报啊……

可不是么，久而久之，虞舜的孝心感动了继母，继母逢人便夸虞舜是个好儿子。虞舜的孝心也感动了世人，家乡遭灾了，他带着父母去逃荒，无论走到哪里，人们都让出田地给他耕种。

有一天，虞舜在坡上耕田，又累又饿，耕不动了，眼睛也迷糊起来。忽然，从山林里跑出一只大象，用长长的鼻子把他卷到一棵阴凉的树下，面前还有一堆又红又大的桃子。那大象又用长长的鼻子卷住犁把，推着犁头飞快地跑起来；长长的鼻子像一把盘曲的号，奏着雄壮的音乐，转眼间就把一大片田地耕完了。

虞舜坐在阴凉的树下，一边抹汗，一边吃桃子。肚子鼓了起来，力气也恢复了。他提起口袋迈开大步跑过去，跟在大象后边播种。大象真神啦，他想，我身壮如牛，但远不如大象的气力大，我将来也要做一只大象，耕自己的田，也要为别人耕田……

一两月过去了，地里便生出一垄垄绿油油的禾苗。可是禾田里的杂草也太多了，怎么锄也锄不尽。虞舜个子高大，蹲在田里锄草实在不便，汗水一汪一汪地洒在禾苗上。

太阳快落山了，忽然从天空飞来一群小鸟，有麻雀，有黄鹂，有鹧鸪，有喜鹊，五颜六色，扑了一地。他们叽叽喳喳，左飞右跳，用嘴含，用爪拔，帮他除草……

啊，这奇妙的景象，坡上坡下的庄稼人都看呆了。人们都说，是虞舜的孝心感动了上天，是上天派大象和小鸟来帮他耕田和除草的呢。

虞舜的孝行传遍了部落，传遍了全国，也传到了父皇尧帝的耳里。父皇说，孝敬父母的人，也一定能善待他人，热爱百姓。于是特意亲自到中条山，到虞城去考察。那儿的百姓是多么爱戴、多么拥护他啊，他们正准备推选他为酋长。他们说，虞舜不仅孝敬父母，他还为别人做过许多许多好事。他魁伟英武，膂力过人；他帮别人犁地，追逐野兽；他帮别人排难解纷，哪儿的农夫为争地界发生纠葛，他就到哪儿去劝解他们；哪儿的渔夫为争夺水域而发生械斗，他就把他们拉开，劝他们互相礼让……传说他把竹管钻上孔，顺着吹，他把它叫箫，他的箫能吹出最优美动听的曲子。人们无论有多么烦躁，多么忧伤，只要一听到他的箫声就都安静下来，快乐起来。他可以把懒惰的人吹得勤劳，把凶恶的人吹得善良，把正打斗得难分难解的人吹得放下武器；他吹出一片和平，他吹出一派祥瑞……他走到哪里，人们就跟到哪里，两年之后，那里就变成村落，五年之后就变成城镇……

娥皇回忆着……

父亲从虞城考察回来，谈及虞舜的事，她是多么兴奋啊，她多想见见那个了不起的男人。说那男人已快四十岁了，可她还不满十六岁，奇怪的是，自那时起，他就牢牢地占据了她的心。去年夏天那男人终于出现在她的面前，她的心直要从胸膛跳出来，她真怕控制不住自己，一头扑进他的怀里。后来，她随他去打猎，他同黑熊搏斗，那超人的神武令她崇拜；后来，他们在后园相遇，他那光彩照人的"重瞳"，把她的魂灵一下摄了进去；再后来，半夜里，她把他引进闺房，她一挨近他巨人般的躯体，她浑身的热血就燃烧起来，她四肢酥软，竟晕了过去……

……四月十五日，虞舜终于又来到了京都。京都的人全部拥去要争看这位传说中的异人，有些人特别要看看他那双生有"重瞳"的眼睛。

尧帝率领大臣，以最隆重的礼节把虞舜迎进宫里；召集大臣和酋长会议，举行了最庄重的"禅让"帝位的仪式。

娥皇躲在幕后望着虞舜，而女英却绕着虞舜像一只燕子飞来飞去。臊蹄子！娥皇小声地笑骂着，尤其是看到她那红艳丰润的嘴唇，不断向虞舜嘟噜，送去一个又一个笑声。可娥皇完全没有想到，"禅让"大典刚一结束，父皇又突然大声向众人宣布：

"各位大臣、各位酋长，在此舜帝登基的大喜日子，我要同时办一桩喜事，我要把娥皇嫁给虞舜——我们的舜帝为妃。"

在一片欢呼和击鼓声中，娥皇被带了出去，与虞舜站在一起。娥皇总想表现自己的端庄，可她浑身无力，怎么也站立不稳。最后，她什么也顾及不了，情不自禁地倒在了虞舜的怀里。事情来得突然，女英傻眼了，从来都是快乐的女孩，竟淌下了一串又一串的泪水。她走到尧帝的面前，扭着腰，哭着，闹着，不依不饶。

尧帝看出来了。

"小丫，你还小嘛！"

"不嘛，不嘛……"

"哈……"尧帝快乐地大笑："众位，我再向你们透露一个秘密，我的小公主女英也将要嫁给我们的舜帝为妃!"

"啊……"

"啊啊……"

又一阵雷鸣般的掌声、鼓声和欢呼声。这声音在华夏大地滚动,它宣告舜帝偕着二妃正式君临天下了。

舜帝登基后,非常爱护人民,为天下老百姓做了许多许多的好事,继尧帝之后,中华大地又连续出现了四十八年的太平盛世。没有战乱,没有饥馑。与尧帝一样,几千年来,中华儿女无不称颂舜帝的圣明。

舜帝偕同二妃娥皇和女英,把父亲和继母迎来京城,朝夕侍奉。舜帝终年出外巡视,了解民情,救灾,扶贫……后来,他巡视南方,积劳成疾,病逝在湖南的苍梧,即今九嶷山。举国哀悼,哭声惊天动地。娥皇和女英千里迢迢前去凭吊,一路走一路哭咔,哭得好伤心呐,眼泪洒在一丛丛竹子上,斑斑点点的,竹子都变成了"斑竹"。

斑竹枝,斑竹枝,泪痕点点寄相思,

楚人欲听瑶瑟怨。潇湘夜半月明时……

这动人的吟唱,正是伴随着虞舜孝亲爱民感人至深的故事,才流传到今天的啊!

而且至今,每到夜半,在黄河岸边还不时响起虞舜宏亮而深沉的箫声,和与箫声相应和的娥皇、女英的瑶琴声,有些眼尖的甚至还看到他们在黄河岸边相随相伴、相偎相依的身影……

三 大官刷马桶

　　古代把"解便"称为"净手"、"更衣"、"入厕"、"出恭"，你瞧这名儿有多文雅。可是由于生活条件的限制，或者说不重视卫生，古人——即使是达官贵人的住宅，一般都没有专用的卫生间，没有卫生洁具设施，没有自来水冲刷便槽，更没有浮球式的抽水马桶。那么需要解便，到哪儿去"方便一下"呢？普通人家都蹲"茅坑"，讲究一点儿的就坐"马桶"——电视剧《宰相刘罗锅》里的那个奸臣和珅不就当着众多女仆的面"坐马桶"吗？坐马桶解便的倒不觉气味难闻，你瞧和珅"坐马桶"时那个舒服劲儿；可倾倒屎尿、冲刷马桶的女仆就不那么舒服了，就不能不捂鼻子——"臭气熏人"呐！

　　一般地说，达官贵人们"坐马桶"后自然是由女仆冲刷，然而宋代有一个大名人黄庭坚却要亲自动手冲刷马桶。这是什么缘故？

　　黄庭坚，字鲁直，由于他喜欢自然山水，曾游过山谷寺石牛洞，爱其林泉之美，自后，就又自称山谷道人。

　　黄庭坚自幼聪慧过人，读书能"过目成诵"，在父母、老师的教诲下，又十分好学，所以"学富五车"，"才高八斗"，在诗词、文章、书法各方面都成就卓异。他是名扬四海的"苏门四学士"（另有秦观、曹补之、张耒）之一，乃至同乡（江西）的读书人把他与大文豪苏东坡相提并论，合称为"苏黄"。大文豪苏东坡曾以"瑰琦之文，妙绝当世"之语，高度赞赏他的诗歌创作成就。黄庭坚又是宋代"四大书法家"（另有米芾、蔡襄、苏轼）之一，他兼擅行书、草书，用笔纵横奇倔，以险势取胜，风格独创，不仅闻名于当世，千古以来，都被视为"墨宝"。至今，西安、成都、江西、海南全国许多名胜古迹，随处都可见到他的墨迹和碑刻。而且黄庭坚还是当时全国最高学府国子监的教授，秘书省著作郎兼神宗皇帝《实录》检讨官。可就是这样一位达官显贵、大学教授、大书法家和著名诗人，却要自己动手去冲刷马桶，个中情由，令人费解，以至在朝野、在士林，传得沸沸扬扬。

由于黄庭坚这位风流才子颇受女人欢迎，于是不少人都想到那方面去了。

有个名叫郑经的官员，一则想趋附黄庭坚，一则又把他视为仕途上的障碍，他就蓄意要探究黄庭坚的隐私。

他首先买通了黄庭坚的下人，摸清黄庭坚每天一般在什么时候冲刷溺器。然后，一天他突然去黄府拜访。

"郑大人到——"仆人高声通报。

这时黄庭坚正走出一间卧室。他一手提着马桶，一手拿着竹刷，刚刚来到院坝，恰好与来客郑经撞上了。

黄庭坚急忙放下马桶和竹刷，拱手致歉：

"不知郑大人光临敝舍，未曾迎候，怠慢怠慢，失礼了，失礼了！请在客厅稍坐……"

"嘿嘿，下官来得不是时候，不是时候，不知黄大人正忙活着。嘿嘿……"

郑经向客厅方向走了两步，待黄庭坚把马桶和竹刷刚刚提到手上，忽又回身，指着马桶故作惊诧，问道：

"黄大人，你这是……"

"大人问这个？"黄山谷在郑经面前挥了挥手上的竹刷，泰然自若地说，"刷刷便器，刷刷便器。"

"呀！黄大人真是事必躬亲喃，可敬可敬！不过……"郑经指指不远处正在洒扫的丫环，"黄大人风流儒雅，又何必越俎代庖？养她们……那些姑娘（不叫仆婢而故称"姑娘"——笔者）做啥呢？未必……嘿嘿，哈哈……"

黄庭坚见郑经太过无礼，又把马桶放置地上，脸上浮起轻蔑的微笑：

"郑大人的意思是……"

"嘿嘿，没啥，没啥，哈……"

丫环见状，急忙走了过来，红着脸看了黄庭坚一眼，提起马桶和竹刷，慌慌地向竹林那边走去。

郑经望着丫环袅袅婷婷的背影，又是一阵哈哈大笑……

自此，朝野上下便流传着《黄山谷冲刷马桶》的故事以及种种妙不可言的隐私及其情节。而且还有几首打油诗。

其一曰：

> 世上才子风流种，唯有山谷情最钟；
>
> 为向红颜求知己，不惜朝暮刷马桶。

虽然这桃色新闻四处流布，唯黄庭坚自己全不知晓。

神宗元丰五年（1082 年），中秋次日晚上，苏东坡邀黄庭坚、佛印诸友，泛舟于赤壁之下，秋风轻轻吹拂，水波微微荡漾。不一会儿，朗朗圆月从东山之上袅袅升起，在南斗与牵牛之间娉婷徘徊。月亮映着漫江乳白色的雾气，空灵明洁，如一领薄纱轻笼，似有若无，江天一色，适不知人在水上还是天上。他们任凭小舟像一片苇叶在横无涯际的大江上漂泊，坐在船头，有如身生双翼在太空中乘风飞翔一般，且不知要飞向何方。飘飘然令人陶醉，个个都像

黄庭坚

神仙似地快乐。

兴之所至，他们一边饮酒，一边敲击船舷歌唱：

> 兰桂香木的船桨呵，
>
> 摇荡着浮动的月影波光。
>
> 美人呵你今在何处？
>
> 我的心儿哟飞向了你的身旁。

他们唱一首歌，饮一杯酒。山谷和佛印有些醉了，累了，唯东坡——苏大胡子兴味盎然。突然他望着黄庭坚拖声拖调地吟起诗来："天下才子屈指数，最是风流黄山谷……"

黄山谷不知是外边流传关于他的打油诗，一点也不在意。文人们在一起互相嘲谑也是常事嘛，所以他随口用苏轼的诗词反唇相讥道：

> 墙里秋千墙外道，
>
> 墙外行人墙里佳人笑；
>
> 笑渐不闻声渐悄，
>
> 多情却被无情恼。

"你在墙外鬼混，偏偏要偷听墙内美人的笑声，成天想入非非，是我山谷道人风流，还是你苏大胡子风流？"

苏轼也不辩解，只顾吟诵下去："为寻佳人相媚好……"

黄山谷听到这里，觉得没有什么新意，不过撇撇嘴，浮出一丝冷笑，想，看你苏大胡子狗嘴里还能吐出什么尖酸刻薄的话！不意苏轼一字一板陡然冒出最后一句："'不、惜、朝、暮、倒、夜、壶！'哈……"黄山谷一听，勃然大怒。他呼地一下站了起来，指着苏轼的鼻子："你，你，你……你怎么胡说八道哇？"

佛印和尚听到最后一句，也觉得苏轼调侃得过分了。他忙劝黄庭坚坐了下来。

苏轼的笑声戛然而止。他捋着络腮胡子，醉态十足，斜着眼睛奇怪地望着黄山谷：

"老兄怎么啦？难、难道……这还不够风、风流？"

佛印忙又劝苏轼：

"别，别再开玩笑了。"

苏轼更糊涂了：

"这，这是玩笑吗？"他指着黄山谷，"你，你不是……"

黄山谷气得说不出话，"唉……"叹了一口气坐了下去。渐渐他觉得这首诗不像苏轼的风格。苏轼虽然在好朋友面前，时有即兴吟诗嘲弄，如他曾随口吟过一首打油诗，嘲弄一位怕老婆的朋友，老婆一声呵斥，他就像听到"河东狮吼"一般，吓得胆战心惊。但也不至信口开河，轻薄到如此地步啊。

佛印和尚也有同感。于是他试探着问：

"学士，这怕不是你即席赋的诗吧？"

"当然不是！"苏轼半认真半玩笑地问黄山谷，"怎么，你没听说过？"

黄山谷猛然警悟：

"这是谁写的，嗯？是不是郑经那下流坏子的狗屁诗？"

"这我倒不知道。"苏轼仍未发觉事情的严重性。"看来，你还不知道那些关于你和丫环的传闻喽？"

黄山谷全明白了。他气得脸青面黑，抓起面前的酒杯，啪地一声摔到船板上，砸得粉碎。

想，平日与鲁直无论开什么玩笑，他从未红过脸，今天是怎么啦？

"到底有没有这回事嘛——"苏轼伸着头问。

"有，没有，咳……"

"好了，好了，别说了。"佛印和尚拦住苏轼。

"不!"苏轼的酒可能是多喝了一点儿，他瞪着眼大声说道，"鲁直从未如此发过脾气，今晚竟向我们砸酒杯，其中必有难言之隐，兄弟我一定要问个明白。"

由此看来，苏轼一定不知道个中究竟，黄山谷低头闷了一阵，说出了事情的原委。

原来黄山谷的母亲在生他的期间，受了风寒，加之住房潮湿，于是得了腿疼的毛病。愈到年老，愈觉疼痛，有时竟下不了床榻。对此，黄山谷十分歉疚，以至于伤心落泪。所以十多年来，他不仅四处寻访名医诊治，并亲自为母侍奉汤药，而且坚持亲自为母亲端屎端尿，洗刷马桶。母亲腿脚不便，当然可以叫丫环照料起居，但他觉得还是为母亲尽点孝心，才稍觉心安。虽然母亲也多次劝阻，但他仍不愿把这被外人认为又脏又臭的事而却是自己应尽的责任推给女仆。

最后，黄山谷愤愤地向苏轼嚷道：

"我们都是母亲一把屎一把尿拉扯大的，都是父母苦心教育成人的，难道不应该为父母尽到应该尽到的赡养、侍奉的责任吗?"

听着听着，苏轼不安起来。侍奉母亲为孝之道和讨好丫环风流之举，完全是风马牛不相及的两回事。我胡说八道，不是对世母的大不敬吗? 他又内疚又心急，不知所措，直拿自己的大胡子生气，两手直揪。

佛印和尚见此僵局，忙出面解围：

"想必学士不知内情，不知者不为过嘛，鲁直兄也不会介意的嘛，是不是？不过，这流言……是怎么传出来的？"

"怎么传出来的？郑经，一定是郑经那老贼！除了他还有谁？"

黄山谷说了那天的经过。苏轼怒不可遏，猛地站起身来，"卑鄙！"啪地一巴掌击在桌上，酒杯全都乒乒乓乓滚了下去，船也不住摇晃。

黄山谷的气渐渐消了，无可奈何地叹了一口气摇摇头说："不提他了，晦气，实实地晦气……""不行！"苏轼认真地说，"一定要找那老贼算账，要他说个明白。否则……否则……山谷兄，你还不知道，此事已在朝野士林传得沸沸扬扬，万一传进宫里……"

黄山谷听了苏轼的话，立即又紧张起来。

"果真如此？"

"你才从京城到此，连我在黄州都听说了，你一点风声都没听到？"

苏轼的担心并非多余。此次神宗皇帝打发黄山谷离京到两湖一带去"视察"，就因为听到了关于他的流言。最初只淡淡一笑，文人学士难免风流；但往深处一想，他黄山谷在朕身边作检讨官，作实录，岂容他如一般文人那么放纵，不检点？所以待黄山谷离开京城汴梁，立即派员深入黄府秘密调查，弄清了真相才放了心。但同时又恼怒起来，追查出了流言的种子。待黄山谷回京的时候，郑经已被审查治罪了。一天早朝，神宗皇帝还特意当着群臣和山谷的面，讲明事实真相，消除流言，并严厉地斥责了郑经的无聊，表彰了黄山谷的孝行。从此，"黄山谷涤母溺器"的故事便流传得更广了。

四　雁荡何巍巍

明代有个著名的旅行家，叫徐弘祖，别号徐霞客。父母希望他努力读书，同时漫游四方，考察祖国的名山大川，搜集整理资料，实现祖上的遗愿，写出一部地理著作。他于是每年到外地去旅行。年轻时，他北边到过北京的盘山，西边到过山西的五台山，南边到过福建及广东的罗浮山。

徐弘祖天生具有旅行家的体格和心理素质。他腿长身轻，爬山——矫捷如猿猴，渡河——自如似水獭。他耐渴忍饥，不避寒暑，身背简单的行囊，终年在外跋山涉水。

他太爱祖国的名山大泽了，他整个身心全都沉浸在对自然山水的感受、考察以及由此而获得的兴奋和快乐之中，以至于忘了家庭，忘了父母，忘了美丽的妻子——这自是说他在年轻的时候。

一次，他刚回家两天，眼看要过年了，他还打算出外旅行。

妻子一边给他收拾行李，一边垂着眼泪。他的心也有点儿不是滋味。是呀，妻子正当青春年少，每次回家几天，她总是成天都想依偎着他，通宵地紧紧搂住他，如饥似渴地寻求他的爱抚，而她似永远没有满足的时候。

但是，男儿志在四方，岂能沉溺于温柔之乡而白白地浪费生命呢？

他安慰妻子说："祖上的遗愿是不能不实现的。等我外出考察完了，我就日日夜夜陪着你，好吗？我的多情的夫人！"他想着法儿逗妻子快乐。

然而妻子始终不悦。

"你这是怎么啦？家里不缺吃，不缺穿，不愁没有仆人服侍；往常我一年半载在外，都没见你现在这么不高兴嘛！"他见她不笑，想逗她笑笑，他咬住她的耳朵，故作神秘而多情地说，"一年未见，你是不是更想我哇？"

妻子一把把他推开，生气道：

"谁要你涎皮赖脸的样儿？就我一个人要你吗？刚回家就说要走，眼看要过年了，你没见你妈这两天的情绪？"

"妈怎么啦？"

"昨晚下雪，你倒睡得像死猪一样。我觉得寒气逼人，便起身去看看妈，想给她加床被盖。鸡都叫头遍了，可她老人家屋里还亮着灯。她睁着眼，似一直未能入睡。我摸摸她的枕头，湿润润的，她在掉眼泪呢。"

"啊？我怎么没觉察呢？"

"你们男人有几个不粗枝大叶？何况妈很矛盾：她既想你多待在她身边，又想你去实现祖上的夙愿、父亲的遗嘱，她能不让你走吗？往常还有父亲陪着她，今年春上父亲去世后，我看她心绪大不如前，她是感到孤独和寂寞啊！"

"啊……"徐弘祖长长地叹了口气，"我这就去看看她老人家！"

他拉开卧室的门，见母亲坐在槐树下，远远地望着这边：

"妈——"他喊了一声，母亲连忙把头转了过去。

他跑到母亲身边，不等他开口，母亲就笑着对他说：

"行李都收拾好啦？天不早了，就动身吧！"

徐弘祖定定地望着母亲，她的眼眶发黑，目光散乱，欲笑似哭，怎么也掩饰不住内心的凄惶。

"妈——"徐弘祖一下跪到母亲面前,头伏在母亲的怀里,说,"你别难受嘛,儿子不走了……"母亲扳起他的头,望着他的脸,极力控制住情绪,笑眯眯地说:

"怎么说傻话啦?走,今天一定要走。在外面好好考察,回来后,把那些名山大川、奇闻逸事、风土人情,给妈好好讲讲,妈不就高兴了吗?去吧,去吧,啊!别再耽误了。"

"妈,媳妇会好好照顾你的,你自己也要好好保重啊!"

徐弘祖离开家,走了很远很远,还见母亲和妻子在屋前望着他。这个铁骨铮铮而天性快乐的汉子,喉咙也哽塞起来。

此后,徐弘祖出外旅行,每次都不超过半年,即还乡省亲,回到家里,不再成天泡在妻子身边,而是尽可能多陪母亲说说话,把旅游考察的见闻,绘声绘色地讲给母亲听,让老人家感到快乐。

1636年,年已50岁的徐弘祖又将出外远游了。此次,他计划行程万里,遍游祖国的名山大川,决定经浙江,到江西,越湖南,过广西,赴四川,横穿云贵、青藏、新疆、朔漠;他要登天台、武夷、九华、匡庐、衡狱、黄山、华山、泰山、岷山、峨眉山、昆仑山;他要渡南海、太湖、珠江、长江、岷江、金沙江、大渡河、丽江、澜沧江、嘉陵江,考察长江的源流及中下游的水系,写成地理图志,不负父母的教诲,以实现祖上的遗愿。但这次旅行至少要四五年后才能还乡啊,怎么好与母亲别离这么长久呢?而且母亲也十分向往山光水色,风景名胜。他想来想去,决定先陪母亲去稍近的地方旅游一次,再实现他远游的计划,让母亲既得天伦之乐,也享受一下山水之乐啊!

母亲满心欢喜。她说:"那就叫媳妇一道去,好吗?"

徐弘祖说:"她已经出外旅游过一次了,还是让她留下看家吧。"

这母子俩一个 70 岁，一个 51 岁，在明代交通不发达的情况下，出外远游，其跋涉之艰难可想而知。

但两位老人高高兴兴相携上路了。目标是浙江雁荡山。

雁荡山，天下奇秀。海拔上千米，峰峦一百零二座，谷深峰高，林密路险。徐弘祖扶着母亲走一路，又背着母亲走一程。至龙湫时，母子都已疲惫不堪。他们在潭边坐了下来。抬头仰望，但见大小龙湫从天而堕，悬挂绝壁，激荡飞溅，主流如白龙腾跃，细流似银蛇狂舞，边缘水珠蹦射，蒙蒙水雾在落日的余晖中幻化出五光十色的异彩，真是一大奇观！

母亲脱下鞋袜，赤脚浸在晶莹透明的潭水里，晃晃荡荡，眼睛忽上忽下，忽左忽右，闪动着惊讶的神色，那快乐的忘情的样儿，简直是一个"老天真"。

徐弘祖打趣地说：

"妈，我看你还年轻得很呢！"

"胡说！"老太太翘翘嘴，掩饰不住内心的快乐，"妈是很少出门，从没见过这么好的景色嘛！"说着又哈哈地笑起来了。

见母亲这样开心，徐弘祖也陪着老人家笑。他由衷地感到欣慰。

当晚，他们在寺庵宿了一夜。次日，徐弘祖又打算背着母亲登山，但母亲心疼儿子，坚持不去了。她说：

"你独自上山顶去吧，好好考察一下雁岩的奇峰异湖和形成的原因。你也是五十多岁的老人了，妈不能再拖累你了。"

徐弘祖说：

"妈，你难得出来旅游一次，既来了，就该饱览山光水色、自然风物，大大地开心才是。儿子哪里就老了？我正身强力壮呢。"

　　见儿子心诚，母亲只有继续上路。虽然从家乡江阴到此走了半月之久，已相当疲乏，但有了走山路的一些经验，在儿子的鼓舞下，旅游的信心更足，兴致更浓了。她要自己爬山。她在上面爬，儿子在下面推。可她毕竟年龄太大，又是小脚，没爬到十多丈，便气喘吁吁，实在难于上去了。

　　徐弘祖背着母亲继续登山。而山愈上愈陡峭，路愈走愈艰险。徐弘祖一步一喘息，汗流如淌水。为了母亲的安全，他还尽可能盘旋而上。在路上走走停停，足足走了几个时辰，耗尽了平生的力气，才总算把母亲背上了山顶。

　　徐弘祖瘫在地上，好一阵没能站起身来。

　　所谓雁荡"山顶"，其实还不是山顶。它四周突出，中间深陷，状如巨盆。盆中又有群峰耸峙，直插霄汉。阳光亮晶晶的，天空碧蓝碧蓝的，明净如洗，没一丝儿云气。那高高耸立的群峰，无草木遮覆，棱角分外分明，俨如一柄柄利剑直刺太空，寒光闪闪。母亲睁大着眼，仰着头，望得眼睛发涩，颈子发酸，直要把上天看透一样。

　　她自言自语：

　　"不是说天上有琼楼玉宇，神人仙子居住吗？怎么什么都没有呢？"

　　"妈！"徐弘祖打趣地说，"你老人家是不是还想成仙啦？"

　　"谁说妈想成仙啦？"母亲揉了揉酸涩的眼睛，"妈还舍不得我那小孙子呢。妈是想，天上空空的什么都没有，那玉皇大帝、王母娘娘住在哪里？"

　　徐弘祖走近母亲身边，对着她的耳朵神秘地说，"妈，玉皇大帝就住在你心里……"

"谁和你说笑话!"母亲推开儿子,她的耳朵被儿子呵出的热气弄得痒痒的。

"那王母娘娘嘛,住在昆仑山上,据说汉武帝还见过她。儿子此去远游,正是要去赴西王母的蟠桃宴呢。"

"真的呀!"母亲惊喜地问,"真的美死你了!"

"当然啰,妈,你去不去?"

"有多远呀?"

"不远不远,只有十万八千里。"

"唉,太远了,太远了!"母亲失望地说,"妈咋个走得去呢?"

"哈……"

母亲见徐弘祖一脸诡谲,大笑不止,才发觉上了儿子的当。"呸,呸,没老没少的,尽寻妈开心……"母亲颠着小脚去追打儿子,地上青苔一滑,差点儿跌了下去。徐弘祖赶忙一把扶住。两位老人都开心地大笑,笑声在谷盆、山间回荡不息。

他们恢复了体力,一身轻松,在谷盆内到处游逛观赏。盆内湖泊一个接着一个,湖水蓝漾漾的,时有雪白的大雁漂浮其上,它们彼此追逐嬉戏,或斗喙,或缠颈,或发出一声声亲昵欢快的叫声,恍如置身于一处弥漫着祥和宁静的仙境。母亲心旷神怡,大有超凡脱俗之慨;徐弘祖则掬起一捧捧明洁晶莹的湖水,观赏着,品味着,又用随身带着的小榔头敲击那些岩石,并贴耳聆听岩石发出的音响:有的清脆颤栗如金属之声,有的浑沌沉闷近于泥石,有的空灵回响,声音传去很远很远。徐弘祖给母亲介绍说,这雁荡山基本上属石灰岩质,经千年万载雨水冲刷溶蚀,因此溶洞、石笋、石钟乳随处可见。他扶着母亲举着火把探察过两个溶洞,那石花、石笋、石钟乳所形成的瑰丽奇观，令母亲啧啧叹赏不止：人说仙人洞，仙人洞，这神仙居住的洞府是比人世间好多啰！

太阳偏西了，徐弘祖意欲请母亲下山。可母亲伫立崖边久久不愿动步。她向下俯瞰，云海茫茫，无边无际，群山万壑，尽收眼底，那种天高海阔、心旷神怡之感，更使她百感交集，老泪纵横。她激动地说：

"此生此世，我游览风景名胜、领略湖光山色的愿望也就止于此了，总算满足啦！还有什么比这更美丽的风景呢？"

徐弘祖久久地陪在母亲身旁，眼眶也湿润了。但他并非和母亲一样高兴，他心中默念道：母亲啊，儿子即将远游，数年内无力侍亲，你老人家自己要多多保重……

雁荡既游，徐弘祖送回母亲，又在家中陪侍母亲、看顾妻儿数日，他才踏上了万里征程……人们说：徐弘祖是"千古奇人"。"奇"，就奇在他以超人的意志毅力，历时三十余载，足迹遍于华北、华南、华东、西南等十六个省区，详细考察和记录了各地地貌、水文、地质、植物等，开辟了地理学上系统观察自然、描述自然的新方法，为后人留下了一部"奇书"——《徐霞客游记》；"奇"，就奇在他不仅以毕生的精力实现了祖上的宏愿，而且侍奉七十老母登上了雁荡山顶，创造了我国古代旅游史上的奇迹。

亲爱的朋友，四百年后的今天，交通通讯如此发达，旅游条件如此良好，你是否也应利用闲暇陪侍你年老的父母出去旅游一两次，让他们那孤独的晚年生活得到一点慰藉呢？

五　悲声惊国宴

　　孔子弟子三千，说都是文弱书生，唯有仲由——子路，膂力过人，行侠仗义，好勇斗狠，就是那些最为横蛮无赖之徒，对他也畏惧三分。

　　后来从军打仗，他以万夫不当之勇，令敌垒望风而溃散。在他中箭而死的时候，仍傲然挺立，威风不倒，敌人远远地盯着他，不敢近前一步。

　　但子路有时驯服得像只羊羔，深情得犹如一个多情善感的少女，恭敬得胜过任何一位所谓的谦谦君子。他在父母面前，从不妄自尊大。无论他在做什么，只要听父母叫一声"仲由"，他便连忙跑过去，垂着手，注视着父母，听从父母的"指令"。

　　这当然是说他在青少年时候。那时子路人穷而志远，颇有一点儿傲气，就是对王侯将相也不放在眼里。但为了奉养父母，讨父母欢喜，他又心甘情愿去求一个低下的职位。

　　他在外地任职时，从没忘记父母。每当收到父亲的来信，他一定要把屋子清扫得干干净净，再整理衣冠，摆好桌椅，把书信端放在几案上，面对书信焚香跪拜之后，才端端正正坐下，捧起书信，恭恭敬敬细细研读。如同在父母面前聆听教诲一般。

　　对于子路这种过分繁琐的礼仪，有同事在背后提出非议。子路听了怒不可遏。

　　"畜牲！哪里知道人的本性？回家路途遥远，公事又难于脱身，不能同父母见面，晨昏定省。拜读父亲的来信，如同面聆严亲的谆谆教诲，哪能不恭恭敬敬而随随便便的呢？"

子路对父母的孝敬，纯然出自他的天性。

他自幼就很懂得体谅父母。家里大小事儿他都争着去干，再粗重的活他都硬着头皮去做。

有一年，家乡汴州遭灾，粮价飞涨，家里难于糊口。那时正当壮年的父亲打算到百里之外去买低价的粮食。子路听说后，拖着父亲不让去，他抢过口袋和钱，飞快地离开了家，父亲追也追不上。

一个十三四岁的孩子，要到百余里外去背一袋粮食回家，真够难为他了。可他往返两天两夜，竟然把七十多斤粮食背回了家。他当然吃够了苦头，差点儿没有累死，在床上躺了三天三夜，才爬起来。（后来子路很会做买卖，当上了"总经理"，大概是从此次购粮起步的吧。）

母亲心疼得吃不下饭，父亲悔恨得砸自己的脑袋。

子路的父母先后去世了，他哭着埋葬了他们。他伤心痛苦的样儿，确如后世所说"如丧考妣"，而且礼仪周到得连最讲究礼教的孔老夫子听说后，也大加赞赏。所以后来他游学到了曲阜，孔子主动收他做了弟子。

子路在孔子门下学习后，以他的忠诚和孝敬、智慧和勇敢，在诸侯各国赢得了响当当的好名声，可以说他的威望高得吓人。所以当他游学考察到了楚国，楚王亲自迎接，其仪仗之齐整，规模之盛大，礼节之隆重，不亚于迎接一位小国的国君。

在子路那个时代——即历史上称为的"春秋时代"，华夏有许多诸侯国，在名义上同属于周天子统一"领导"。人民可以自由出入于各个国家，知识分子可以随便到哪个国家去任职，既不要"护照"，也不追查"户口"、"国籍"，所以孔夫子才能带着弟子"周游列国"，宣传他的思想、学说和政治主张。子路本来是鲁国人，楚王却可以请他做大官，而不涉及"意识形态"和"国际纠纷"问题。

楚王给子路的"政治待遇"和"物质待遇"高极了。出门，则高车驷马，坐垫又厚又软，不比今日"红旗"牌的高密度弹簧坐垫差劲，而且随行的"小轿车"达百乘之多；在内，则"三日一小宴，七日一大宴"，列鼎而食，陪客满厅，山珍海味，美不胜收，其宴饮之丰盛，享受之豪华，地位之显赫，见者无不咋舌。

可是他并未因此而忘乎所以。每餐宴饮之前，必先以酒酹地，敬献他已故的父母；有时抚今思夕，悲从中来，以至泪如雨下。

有一次，正当大家举杯互祝，狂欢滥饮，忽见子路默然停箸，满怀心事，乃至楚王向他举杯，他都没有觉察。

楚王问："爱卿，你是否觉得我们楚国对你礼数不周，俸禄不厚而不愉快？"

子路说："大王误会了，恰恰相反，正是这盛大的国宴使我心中难受。"

楚王奇怪了："孤王愿闻其详，爱卿可否赐教？"

"唉……"子路长叹一声，摇了摇头，好一阵才说，"我现在算是富贵了，我的父母却不在人世了。身为人子，不能让父母同享富贵荣华，怎么能不负疚呢？现在，即使我还想像当年那样背着米袋步行百里到家，以尽人子之责，父母也得不到了。"说着说着，竟有失"礼貌"、有失"身份"、有失"国格"地大哭起来。可能他自己也觉得过分失态，只好伏在桌子上，抱着头，耸着肩，浑身颤抖地抽泣。

达官显贵们有多少人能理解他的心情呢？还以为他喝醉了呢，可是楚王更加敬重他了。又有一次，一位大臣突然闯进了子路府第，他有要事要向子路请教。

大臣一进厅堂，见子路头向北方，屁股高耸，伏地磕头。他前面的墙壁上，供着父母的灵位。灵位下三张大案上，赫然摆着烤熟了的一个牛头、一个羊头、一个猪头。今天是他父亲的忌日啊！在他回答大臣的问题时，还不时抹泪。

大臣说："令尊、令堂已过世多年，你也不必太过哀伤了。你身负国家重任，怎么能终日沉溺于哀思之中呢？"

子路气愤了："难道我影响了国家大事了吗？'终日'，什么'终日'，嗯？"

大臣受了抢白，忙说："我是劝你节哀嘛，没有别的意思。"

子路稍稍冷静之后说："树林要静下来，可风偏偏不停地吹；你想要好好奉养一下父母，可父母已经不在人世了。我现在才明白，即使把整头的牛羊猪供在先父母的灵位前，仍不如在他们有生之年时用普通饭菜孝敬他们啊！我自己身处荣华富贵之中，无论用怎样的办法都不能弥补过去对父母供奉之不足。我的心情，你们这些从小就生在钟鸣鼎食之家的人，从来就不愁父母缺吃少穿的人，能理解吗？"

大臣把看到子路用"三牲"祭祀父母的情况报告给了楚王。原来十分敬重子路的楚王，对子路也不了然起来。"三牲"——"太牢"是君主祭祀先王和圣人的大礼啊，这不是越礼了吗？

最讲究礼仪规范的孔夫子听了这件事，也批评了子路，说他也过分了；但作为老师，他更理解自己的学生。

他浩然慨叹道：子路孝敬父母，可以说是在双亲生前他尽了力，在双亲去世后他也尽了心，如此至诚至孝，完全出自真情。在礼崩乐坏、世风日下的现在，应该以子路为楷模，好好宣扬一下孝道。这不是更有利于家庭的和睦、社会的安定吗？古语说得好，要寻找忠臣，就一定要到孝子之家去找——有孝才可能有忠啊！我相信子路不会有负于楚国的。……

果然，子路为楚国出谋划策，立过几次大功，甚至为它献出了自己的生命。

生在当今社会的人们，当然勿须像子路那样拘泥于繁琐的礼仪——礼仪一旦繁琐，就会变成一种讨厌的形式，乃至产生虚伪——但无论哪个时代，作为子女，对父母何尝不应该怀有一片至真至诚的孝敬之心呢？

六　寒门出鸿儒

赵至，字景真，山西大同人，是西晋时期一位大学问家。

可是直至 12 岁他才开始上学。

一日，赵至正在山坡上放牛，埋头割草，忽听锣声、人声喧哗。他抬头一看，见大路那边彩旗缤纷，衙役成队，簇拥着一乘绿绸大轿和轿后的一匹白马，马上端坐着一位中年汉子。

大路两旁围观的人越来越多。赵至丢下镰刀，拉着母亲，一溜烟跑了过去，挤进人群。"闪开，闪开，新县令到任咯！"

喤——喤——

"闪开！闪开！"

"啧啧，好体面啊！"围观的人议论纷纷，啧啧称羡。

"咋不体面？读书人当了官，自己体面，连娘老子、祖宗三代都沾光呢！"

小赵至愣愣地望着那位中年汉子。只见他头戴乌纱，白脸黑须，面带微笑，似颇有好感。

听到旁人赞叹，心里也有说不出的羡慕。

忽觉一只柔软的手抚着他的头。扭头一看，是私塾的张老先生。老先生捋着斑白的胡须，意味深长地对他说道：

"至娃，你知道马背上的县令是谁么？你的本家呢，满肚子的文章啊！"

"我也能背诗！"小赵至冲口而出。

"对，'关关雎鸠，在河之洲'是不是？你只不过在学堂门窗外捡了几句。那不成呵，要像赵县令那样满腹经纶，才能成大事啊！"老先生突地严肃起来，"至娃，你为什么不上学呢？"

赵至眨眨眼，大声喊道："不！"说着一溜烟跑回了山坡。

赵至自幼孝敬父母，勤快好动，到了上学的年龄，他已野了，宁肯上山放牛割草，帮父母干活儿，也不愿上学，父母用黄荆条子赶也赶不去。但这时，心中痒痒的，像有条毛毛虫在里面爬。他一屁股坐到地上，眼睛一眨不眨地望着新县令去的方向出神。

不知什么时候，父母来到了他的身边。

"至娃，上学去吧，啊？张老先生说得在理呢！"母亲说。

"越耍越野了，唉……"父亲长叹一声。

"我没耍！"赵至望着父亲理直气壮地说，"我帮你们放牛，割草，砍柴，还帮喂猪。""谁要你瞎操心呢？你要打一辈子牛屁股吗？"父亲火了。

母亲温婉地说："至娃，听爹娘的话，啊，去上学，庄稼有爹娘做，饭有你吃的，你的前程要紧，爹娘苦一点也没啥嘛，是不是？听话。"赵至终于上学去了。开初，屁股在板凳上扭来扭去，渐渐地也就坐稳了。他记性忒好，背书比别人快，悟性高，老师讲书，一听就明白。可是脑子总爱走神，忽而想，牛儿跑到地里去糟蹋庄稼了吗？妈打牛草、猪草打完了没有，要不要我去帮她？忽而想，爹犁田怕累瘫咯，每晚都在床上直哼哼……赵至亲情忒重，农忙时总赖着跟爹娘一起干活，只农闲时才去上学。"谁不想当官，像县太爷那样体面？"赵至想，"可是，等我把书读出来，爹娘怕都累死了。"

去年冬天，赵至的父亲上山砍柴，遇着暴风雪，得了气喘病，从此，稍稍用力便咳嗽不止。一想起这，赵至更加难受。春耕季节到了，人家都在翻地了，可他爹的病还不见好。赵至念着念着书，常常是伴着一声声长吁短叹。

这天，天气特别好。原野一片碧绿，晴朗的天空一抹红霞如飞，教室外，鸟儿在树上欢快地啼叫……

张老先生正上"对联"课。他即景生情，随口出了一个上联，要学生对下联。

他出的上联是：

　　　　鸟鸣树，霞飞天，艳阳可喜。

第一个学生对道：

　　　　虎啸林，狼嗥野，黎民多难。

老先生心中那一派洋洋的喜气，被这个学生对豺狼当道、生灵涂炭的乱世的感叹，冲得一干二净。但他理解这个学生的心情：他们家是从战乱的关中迁移来的啊！于是他表扬这个学生对得好："耿慨多气，哀民生之艰，有王粲《七哀诗》的风骨啊！"

第二个学生笑嘻嘻地对道：

　　　　猫叫春，猪打圈，农家何乐！

这下联一落，满教室像炸了锅，一个个嘻嘻哈哈，你推我一把，我打你一掌，笑得捧腹打滚。

"妙，妙极了！"

"绝！绝了，亏这家伙说得出。"

一个学生向坐在最后一排的那个因对得一联能博得众人捧腹而正自得意的学生大喊：

"邬兄，你家的'猫叫春，猪打圈'，你娘老子是不是也发情了？"

"你爹妈才发情了呢，不信你回去看看。"

"哈……"又是一阵哄笑。

老先生制止住教室里的"动乱"后，暗自想，这个邬员外的娃儿，按对仗要求对得不能说很差，也理解为"六畜兴旺"，农家自然快乐，但品味太低下了。他家养什么猪？他分明是在当面嘲弄农家子弟啊！但不便说破，也不作褒贬，于是他让赵至起来念他的下联。

赵至神情凄然地念道：

父耕田，母织布，贫生何悲！

听了赵至的"对句"，教室一下沉寂下来，不少学生——尤其是农家子弟，心里都不是滋味，赵至的对句触动了他们心中的酸楚。

张老先生出身寒微，他能深切地理解赵至的心情。他评论道："夫子云：'诗言志'，信矣！赵至读书，时刻不忘父母耕织的辛劳，其情可悯，诸生可都身同感受？曾参心痛，仲由负粮，董永卖身为奴，莫不出自对父母的一片至诚至孝。古人说'百行孝为先'，赵至小小年纪，已具如此高尚的情怀，老夫我也不能不为之动容……"

老先生借评讲学生对联，大发宏论和感慨的时候，突然一阵叱牛耕地的声音传进教室：

"嘿粗……哇……"

接着是一连串的咳嗽声。

老师的讲评、父亲的叱牛和咳嗽声，声声在赵至的耳里交互作响，他再也忍不住内心的酸楚，抱着头，竟呜呜地痛哭起来。

老先生以为是自己的讲演产生的强烈反响，他正暗自得意，忽见不少学生向窗外望去，还有学生向窗外不远的山坡指指点点。他一看明白了，原来是赵至的父亲在耕地。

赵至越哭越伤心。为了不再次出现"动乱"，老先生安置好学生自习，把赵至带出了教室。

老先生感慨地说：

"你的心情我理解，能深切理解。可是'男儿有泪不轻弹'，你怎么能当着众人的面在教室里哭哭啼啼的呢？"

赵至指着坐在地边、佝偻着腰咳咳吭吭的父亲说：

"看我爹都累成啥样了！他老人家一个人在地里操劳，儿子在这里读书，我心里实在难受，难受得很。请老师……原谅。"说着又呜呜地哭起来，"我恨不能明天就长大，长大成人啊！呜呜……"

老先生默然。稍顷，他说："你只有把书读出来，才能真正把你爹娘从辛苦中解脱出来，你爹娘不也是这么对你说过吗？而且，男儿之志不在小而在大，人的眼光不在近而在远。'修身，齐家，治国，平天下'，孟夫子的话讲得多好啊，敬其亲固是人的天性，而治其国，使天下太平，让人民都过好日子，那才是一个有志气的男子汉追求的至善至德啊！'高山仰止，景行行止'……"

老先生的学问深沉得很。少年的赵至虽不能完全理解他的至理名言，但凭着自己的悟性，也明白了不少道理，而老师的谆谆教诲、殷殷期望，更令他深深感动。

自此，赵至隐忍着悲痛，一心一意学习，十分刻苦，成了私塾里最有学问的少年。老先生逢人便夸："赵至这孩子将来一定会大有出息！"

可是家境越来越艰难。父亲的病久治不愈，加之年成不好，向邬员外借了高利贷，仅仅一年竟翻了一倍，如果偿还不起，就要把他家的田地全都抢夺过去。父亲又病又气，去找张老先生帮忙讲理。张老先生问明情由，把借据拿过去一看，长长地叹了口气说：

"完了!"

为什么"完了"呢?原来借据是这样写的:

今借到邬德裕白银拾两,借期壹年,年息贰分,如逾期本息未偿还清,则按贰拾两偿债。

本来邬员外当时说得明明白白:即年利息贰两,本息相加,满一年共还贷壹拾贰两。所谓"逾期本息未清则按贰拾两偿还",是指按贰拾两本金计息,也不过共还利息肆两。可是现在邬员外却说该偿还本息共贰拾两白银。因为借据明明白白写着:一、"如逾期本息未清",你虽然还了本金五两、利息肆两,可是本金还有伍两未还,何"清"之有?二、"则按贰拾两偿还",并非说按贰拾两"计息"偿还,所以……

张老先生最后说:"没办法啊,白纸黑字。如果你想打官司,虽然赵县令为人正派,'明镜高悬',但他也只能按借据断案,想帮你也帮不了啊!"

赵父悲愤交加,病势更加沉重。临终前把儿子叫到面前说道:

"你爹无能,把祖上留下的田地都丢了。我生对不起你们母子,死也没脸去见祖先。就因为目不识丁,无知无识,才受人欺骗啊!你跪下向我起誓:我死后,无论有多艰难,你一定要把书读出来,不要像……你爹……你爹……"一口气上不来,就死了过去。可眼睛还一直瞪着——他是死不瞑目啊!

家庭的这场变故,把赵至推到了绝境。"穷奔市口富奔乡",失去了田地,母子流落到县城边,在一个破庙里住下,靠推卖豆腐为生。但常言道得好:"绝处逢生"。赵至日夜悲悼父亲,牢记父亲的遗嘱,就更加努力读书:背柴卖,不忘读书;推豆腐卖,不忘读书;走到哪里都手不释卷。一些市井小人,讥笑他是个疯子。可赵至"发疯"念书的事传到县太爷耳里，则另作别论了。赵县令说：

"赵至发愤，感人至深；不忘父训，孝心堪嘉；志向高远，异于常人。如果给予资助，何患不成大才？"

于是免费让他上了县学。三年后，赵县令调任京官，又把他带去洛阳，拜著名的学者嵇康为师。

由于矢志不忘父训，刻苦努力，在名师的指导下，赵至终于成了一代通儒。他使母亲度过了幸福的晚年，在九泉之下的父亲也该瞑目了。

七　血染鄱阳湖

秋风萧瑟，一望无涯的鄱阳湖上，一只乌篷船在时涌时息的浪涛中，时起时伏。

船头站着一位少妇，年约十七八岁。微寒的秋风吹动她的头巾，在耳畔呼呼作响；秀丽而苍白的脸上，一双眼睛在微蹙的柳眉下，映着波光湖影，时而凝视，时而忽闪；时而暗淡，时而明亮。从那里似有一个又一个念头掠过，又飞向那水天含混的迷茫的远方。

几只水鸟绕着船头盘旋，欢叫着，忽又如离弦之箭射向湖水。湖水激荡，桨声欸乃，水花不时跳上船头，少妇那双纤小的绣花鞋早已湿了大半。

"回仓里坐坐吧，船头的风太大。"

老船工从背后望着她高高绾起的云发，和那细细的腰、圆圆的臀、修长的腿，默想着，是该叫她"大嫂"还是"姑娘"？难于判定，只好含含糊糊不加称谓。

少妇回头莞尔一笑。

"大爷，这儿离九江还有多远？"

"呀，怕还有两天的水路。早着呢！"

少妇回到船舱，拉下帘子，水天全隔，脸上完全黯淡了。

这少妇名叫谢小娥，唐朝南昌人。嫁给段居正还不到半年，燕尔新婚，小两口过得甜甜蜜蜜。可丈夫是个生意人，春节结婚，五月初就同岳父出外做买卖去了，预计七月下旬可望回家。她朝思暮想，都快过中秋节了，还不见父亲和段郎的影子。

中秋的那天晚上，天上的月儿圆圆的，邻居家的笑声朗朗的，而她独守空房，辗转床榻，望着投映在窗上斑斑驳驳、摇摇曳曳的树影，一会儿叹息感伤，一会儿心浮神驰，"今夕何夕？"难熬的中秋之夜啊！

夜深了，房门吱嘎一声，随着一股冷风掠过，他的段郎憨憨一笑蓦地出现在床前，身后是她的父亲。她大喜过望，一下坐了起来，可眨眼间，段郎和父亲却又变了，变成了两个满脸血污的"鬼"。她尖叫一声，醒了过来。心咚咚地跳，眼泪簌簌地流，恐惧使他浑身颤抖。好不祥的预兆呵，莫非他翁婿俩……她不敢细想下去。

次日，谢小娥便挎着蓝底白花的包袱上路了。她要去寻找他的父亲和丈夫。

父亲和丈夫离家前曾告诉她，他们是从景德镇贩瓷器，渡鄱阳，经九江，沿长江溯流而上武汉发卖。

八月底，她到过景德镇。瓷器坊的老板告诉她，两年来，她父亲和丈夫曾多次去景德，人都混熟了。今年五月中旬，他们就从他那里进了货，从水路运走了，据说他们到九江城，常住靠近码头不远的"临风客栈"。

……鄱阳湖洪波涌动，雪浪滔天，风儿钻进船篷，呜呜作响。她心里也像湖水一样涌动，秋风一样悲鸣。

两天后，她到了九江临风客栈。

客栈老板对她父亲和丈夫果然也很熟悉。

"想不到居正那小伙子讨了你这么个乖媳妇哇！"客栈老板摸着稀疏的胡须，诙谐地跟她开了句玩笑。

谢小娥苍白的脸微微泛起红晕，她没有心思闲话，便急急打听父亲和丈夫的消息。

"怎么，你不是跟他们一道来的？我以为他们还在码头经管货物，让你先来歇栈房呢。"

"没有。从五月离乡，到八月十五我在南昌，都没见他们回家。"

"啊……"客栈老板两只爬满青筋的手在衣衫上摩挲着，自言自语，"他们的货六月初到这里，七月中旬又返了回来，货，全部脱手了，八月中旬怎么还没归家？如果他们从景德镇再贩运一批货，早些天也该到这里来了。未必……未必……"

见谢小娥脸色越来越苍白，客栈老板几个"未必"之后，一直未把他可怕的推测说出来。

谢小娥哭了一夜，不知怎么是好。天微明时，她想到了"船"……

早晨，有人敲门。门开后，她见客栈老板满脸忧郁地站在门口。

谢小娥让进后，客栈老板几次露出参差的牙齿，而却欲言又止。

"大伯，小女子远离家乡，人生地不熟，爹爹他们是贵栈的常客，侄女只有靠大伯你老人家了。"说着，眼泪汪汪地跪了下去，不断向客栈老板磕头。之后，她问及从九江往返南昌，父亲他们常雇哪些船家的船。

客栈老板说：

"小娥呵，话说到这搭儿，大伯正是要来给你提个醒儿。要说船家嘛，从景德镇到九江到南昌，少说也有好几十个船家、好几百条船。至于你爹爹他们常租哪些船家的船……这个……这个……"

客栈老板耷拉着脑袋，几个"这个"之后又煞住了。

他像梦游一般，歪着脖子斜着脚，走到门外，停住，又回头，为难而歉意地说："这就……实在不好……说了。"

谢小娥失望地看着客栈老板一步一步走下楼梯。

客栈老板在楼梯最下一级停住，再一次回头说：

"你就在大伯这儿多住两天吧，啊？让大伯给你打听打听。"

说着匆匆地离开了她的视线。

过了两天，客栈老板如约前来找她。让她远远地跟在他的后面，来到一个荒僻的老房子。待小娥一进门，他立即把门关得严严的，而且从门、窗的缝隙四处向外望了许久，才坐下来对她说道：

"这两天大伯的心里很乱，好害怕啊，连觉也睡不稳。这件事可能很糟，凶多吉少……你大伯早就晓得……不像个爷们，胆小怕事……"

客栈老板抖抖索索，吞吞吐吐，说话颠三倒四。谢小娥急不可耐。

"不是你大伯不讲义气，不够朋友，他翁婿是我的老主顾啊，可是干我们这行的不能多事……"

"大伯，你就直说了吧。"谢小娥实在受不了。

"好，直说就直说，江湖上的事复杂凶险得很呐！就说前年吧，鄱阳湖上就有一个客商……啊，又扯远了。弄不好，我这客栈生意做不成了，连性命也保不住哇！唉唉，我直说你爹你丈夫的事吧，肯定与狗日的申家兄弟有关。"

"申家兄弟？"

"对，子丑寅卯辰巳午未申酉戌亥的'申'。"

"他们各自的名字——"

"哥哥叫'申春',春天的'春';兄弟叫'申兰',兰草的'兰'。你爹他们就是雇申家兄弟的船把瓷货从景德镇运到九江来的。"

"可是爹爹他们从武汉回到九江后……"

"莫急,听大伯说。对,你爹他们从武汉返回九江,当天晚上,啊,让我想想具体的日子是……"老板屈着枯瘦的指头掐算,"七月二十三,没错,七月二十三,那天我的生日,请客,你爹你丈夫也来了,还送了四川的两瓶辣酱,成都的一对蜀绣枕头,不信,我现在都还锁在箱子里,没舍得用。你爹仁义呀,啊,我又扯远了。七月二十三当天晚上,我亲眼见申家兄弟找过你爹。你爹喝得醉醺醺的,下楼送申家兄弟走后,乐呵呵地对我说,'明天就启程回家喽',他两手趴在柜台上,酒气直冲我的鼻子。'是雇申家兄弟的船么?''嗯,嗯……'你爹一颠一颠往楼上爬,'老熟人,好说……价钱……便……便宜……'"

谢小娥一下站了起来,血潮冲在脸上,眼睛瞪得可怕的大。

"你要去报官?"客栈老板拉她坐下,"没有证据、证人呀,怎么办?大伯之所以早给你说,原因就在这里。不报官,你一个弱女子,能把那两个畜牲怎么样?你也别怪你大伯胆小,我也想过出庭作证,可是这江湖上的事险得很呐!唉,惭愧,惭愧……依大伯之见,不如,不如算了……或者慢慢再打主意!"

谢小娥呆坐在客栈老板面前,眼睛似并未看着他。好一阵她才回过神来,红潮渐渐褪了下去,依然现出苍白,苍白得发青。她说:

"大伯,谢谢你对小女子的指教。放心,我决不会连累你的。不过,请你告诉我申家兄弟住在什么地方。"

"好吧,好人我只有做到底了。申家兄弟有十多条船,他们常在鄱阳湖行走，在外边都有相好，偶尔也回回家。据说他们家在九江城西边的郊外，还有不少田地，由两个婆娘在那里经管。"

几天之后，西郊申家大院出现了一个年轻的长工，像女人一样清秀，他就是女扮男装的谢小娥。由于她聪明、伶俐、标致，申家妯娌颇为喜欢，再者田里暂时也没多少活路，就让她留在身边，做些家务活儿。

半月之后，申氏兄弟回到了家里。看到谢小娥，心里很不了然。虽然与他们的婆娘相差十多岁，到底是个漂亮的"男人"，朝夕相处，万一引发了两个婆娘的骚情呢？兄弟俩心照不宣，以他们长期漂泊江湖需要有一个人服侍为由，把谢小娥带走了。

谢小娥跟申氏兄弟往来于鄱阳湖上。两个月过去了，除了嫖女人，竟未发现他们有别的不轨行为。她怀疑了，甚至为怕找不到杀父杀夫的真凶而伤心气馁。

难道是客栈老板……扯谎……抑或就是他……

一天晚上，趁申氏兄弟上岸未归，她独自在船上焚香祈祷：爹爹、夫啊，你们死得好惨啊，女儿不孝，妻子无能，我找不到凶手，怎么为你们报仇啊……

她默祷着，哀哭着……良久，一阵江风袭来，打了个冷战。她走进船舱想加件衣服，突然想起申老大上岸前曾要她把他的内衣洗了。她打来一桶水，把申老大的内衣放进去搓洗。洗着洗着，觉得包里有什么东西。她取出来一看，浑身的血立即涌到了头顶。一个十分精巧的香囊赫然呈现在眼前——这分明是她在婚前与段郎幽会时赠给他的信物啊！结婚后，段郎随时都揣在贴胸的地方，出外做生意更是把它当成对自己感情的寄托啊！也许是上天怜悯，申家兄弟，平常总是把衣兜的东西摸干净后才交给她洗，这天船泊码头晚了，又急于上岸去和货主结账，这才疏忽了。

有了证据，但未找到父亲和丈夫的尸体，客栈老板又不可能出庭作证，还是无法报官。别无他法，谢小娥决意亲手杀死两个恶贼，为父为夫报仇。

一个弱女子要杀死两个三四十岁的强壮的汉子？谈何容易。

谢小娥极力克制住心中的悲愤和仇恨，非但未表露异常，反而更加周到地服侍申氏兄弟。

她耐心地等待时机。

有一天，她随申氏兄弟由景德镇经鄱阳湖到九江。船到码头，申氏兄弟上岸，她一个人在船头，偶然与曾从湖上送她到九江的老船工邂逅。她躲避不及，老船工见那脸型、身材，认出了她。

"你怎么女扮男装了？"

"大伯，请别……别多问。"

老船工打量她一阵，说：

"你有心事？那两天在船上，我就看出来了。你不说，我也不便问。"

谢小娥一言不发。老船工突然指着她的船说：

"这不是申家兄弟的一只船吗？你是在给他们帮工？还是……"

谢小娥含含糊糊，不置可否。

老船工四处望望，压低嗓子十分关切地说：

"那申家兄弟俩都不是好东西。你可要小心，万一露了馅儿……大伯为你好哇！我给你说实话吧，申家兄弟不光是好色，而且险恶，别人不知情，或者知情也不愿说，我老头子可把他们的肠肠肚肚看透了。我劝你还是离他们远点儿的好。"

谢小娥见老船工如此坦诚、如此语重心长地关心她，眼里不禁涌出了泪水。她叹了口气说："大伯是个好人，我信。但我不能……"她顿了顿又说，"如果哪一天我需要大伯帮助，大伯你……"

"尽管来找我！"老船工豪爽地说，"如果我帮不了你，就找我那帮朋友。"

一月过去了，又一月过去了，谢小娥在悲愤和焦急中挨到了腊月，眼看就要过年了。她始终没有找到报仇的机会。

几天后，她在江边码头又碰到老船工。老船工说，他在九江城要买点儿年货，要耍一两天。当天夜里，申氏兄弟为分年利的事，闹得天翻地覆，还差点儿动了刀子。

谢小娥心念一动，何不再加一把火，让两个恶贼斗个你死我活，再从中取事？但是一个帮工怎么好插言，亲兄亲弟外人更不好挑拨。想呵想呵，两个禽兽贪色，何不利用自己……啊，不可，洁净之身若遭到玷污，怎么对得起段郎呢？

"你以为你是老大，你就可以欺负我？七月二十四干掉谢老头和他女婿老子出了大力，凭啥你要多分？年终结账你凭啥要多拿？把老子惹火了，天王老爷我都不怕，老子白刀子不认人，怕你是个鸟大哥！"

申老二骂骂咧咧，使气跳上岸，消失在黑暗的河滩上。

申老大在船舱里，独自一人，一边喝闷酒，一边咒骂兄弟不是人，是禽兽，一点不把当哥哥的放在眼里。

谢小娥在一旁冷眼旁观。

"给老子倒酒，嗯？你狗日的也发神经了？"

谢小娥给申老大倒了酒，掉过头去，咬住嘴唇，嘴唇都渗出了血。她终于下定了决心：段郎，只有委屈你了，为了给爹爹报仇，为了给你雪恨……

夜深了，不见申老二回来，估计他又去宿娼了。喝得迷迷糊糊的申老大，充血的眼睛突然发现一个女子站在面前，外衣已经脱去，正在解放缠住胸脯的布带，一双奶子从内衣里拱了起来，比他嫖过的任何女人都漂亮。他脑子更加迷糊了，魂儿都飞上了天，他硬着脖子左瞧右瞧，不见了帮工。

"呀！"他恍然大悟，"原来你是个娘们，是七仙女下凡来找我这个董永的么？哈……"

说着，笑着，就向谢小娥扑去。

谢小娥又怕又恨，回避已来不及，于是急中生智，她趁势拉他坐下，故作庄重地说：

"乱来可不行，不然我就要跳……"

"莫！莫……"

她又故作轻佻的样子在他脸上拍一拍：

"你乖乖儿地……听我说嘛！我早就想你了，两三个月相处，我想你呀……想得咬牙……"

"咬牙？咬牙干吗？"

"就是，就是使劲儿地……想得很深嘛！"

"啊啊，对对，要想得深，就得用呀咬，把皮肉到处都咬起血印子。哈……臊娘们儿，你咋不早……早现真身，对我说呢？"

"我怎么敢嘛，你兄弟也是一只馋猫，他能不甩醋罐子？万一因为我引起你们弟兄不和……看他今晚黑那个凶神恶煞的样子，我怕你吃亏。"

"我怕他小狗日的？他要再跟老子争钱争女人，看老子不宰了他!"

"唉，也是。自古以来，在金钱和女人面前，哪个让哪个呢？哪怕是亲兄亲弟亲父子……你不怕他宰了你吗？我看他年轻气盛，总有一天你要栽在他的手上。"

"老子先宰了他!"

谢小娥见火候已到，就进一步发嗲，献媚，挑得申老大心急火燎。

申老大要搂她上床。她说不行，要他把老二结果了，她才放心，她只做他一个人的女人。

申老大想，这话也对，可以一举两得：独占美人和钱财。年关逼近了，事不宜迟，夜长梦多，说干就干。便搂住谢小娥的腰，亲亲热热地打起主意来。

次日微明，申老大找人把船开离九江城，随后就去妓院找申老二。谢小娥又恢复了男装，随即钻进老船工的船篷。

申老大十分负疚地对兄弟说：俺兄弟俩相依为命，兄弟不和，外人欺负，紧紧抱住一团，才能在江湖上混得下去。钱是什么东西？身外之物，兄弟如手足，骨肉相连，世间还有什么比亲情更宝贵？以后赚的钱平分就是，你就多拿些也不算啥，谁叫俺是大哥呢？说着就拿出二十两银子，放在老二面前，并说昨晚一个富商要回南昌把船租去了，这二十两租金你就拿去吧!

申老二的气消了一大半。

申老大忽又抹了眼泪，哽咽着说，明天是我们爹的忌日，我们年年都要到鄱阳湖他老人家出事的地方去祭奠，我们明天还是去吧？申老二当然说要去。

申老大又说：有一件事我想了很久，就是我们弟兄都没儿子，搞了那么多女人，都没接下种，总不能断了香火，娘老子在阴间也不安心嘛，我看我们的帮工是个孤儿，伶俐乖巧，对我们又很巴实，能不能把他收养了？老二瞪起眼珠子盯住老大，想，他又在打什么鬼主意？老大忙说，他叫我大爹，叫你二爹，反正都是爹。要不然就收在你名下，哥哥以后再说，反正我们申家有后就行。老二打消了疑虑，说，做兄弟的也不能占强，暂时就不分彼此吧！

与此同时，谢小娥在老船工的船篷里，把他父亲和夫婿的遭遇全都说了，老船工恨得直咬牙。

下午，申氏弟兄带谢小娥去找临风客栈老板立抱约。客栈老板认出谢小娥，心里直打鼓，手发颤，字据都写得歪歪扭扭。

他们回到码头，老船工的船正好停在申氏弟兄原来停船的地方。他站在船头，老远就乐呵呵地打招呼：

"你们又到哪儿发财去啦？刚才有人要雇你们的船，找不到人。"

两兄弟嘿嘿地笑。老大说：

"我们的船去南昌了。正想租只船今晚黑到鄱阳湖口去祭奠我们老爷子，你的船空吗？"

"这个……"老船工面有难色，"我的船有人订了。不过，不过，你申家兄弟人大面大，我老汉能说个'不'字吗？我叫他另找船算了。啥时走？"

"再过一个时辰吧！"申老大说，"那就定了。"

谢小娥快乐地说：

"大爹，二爹，我进城去买些酒菜……"

"那就顺便带点香蜡钱纸刀头果品什么的。"申老二说。

傍晚，乌篷船已进鄱阳湖口。落日的余晖像血一样泼在湖面上，鲜红鲜红。但转眼之间，暮色四合，水天茫茫，远近沉寂，唯有老船工划桨的吱嘎声。

谢小娥点上香烛，摆上果品刀头。申家兄弟跪在船头烧化纸钱，她跪在他们的背后。

老船工则坐在船沿悠然远望。

祭祀完后，谢小娥摆上酒席，以"义子"的身份不断给"大爹"、"二爹"敬酒。那殷勤、亲热的劲儿比亲生儿子还要孝顺。

夜，越来越深了，下弦月在浓云迷雾中时出时没。

"今天是爹的忌日，也是……也是我们兄弟收养儿子的大喜……大喜日子。"申老大现出晕乎乎的醉态，口齿不清，喃喃自语，"爹，你你你老人家在……阴间也该该安心心了，我我们申家也、也有接香火的的后……后后后人了。兄弟，咱俩……俩要喝喝他妈个四……四脚朝天……"手一软，酒碗掉在桌子上，他茫然地瞪着眼，头一啄，顺势趴了下去，不一时，便发出呼噜噜的鼾声。

"没球得用，不怕你是大哥，两碗马尿就趴了。"

申老二咕噜着，酒，一大碗一大碗直往肚子里灌。他要显示他的气魄比他哥大，血气比他哥刚。脸红得像猪肝，眼珠子瞪着像两个血球。

他站起身，一边解裤带，一边趔趔趄趄向船头走去……

撒尿的刷刷声在静夜里分外刺耳。

蓦地，申老大一跃而起，一把牛耳尖刀哧的一声插进了兄弟的背心。申老二回过身来，指着哥哥："你……"接着又挨了一下，尖刀在心窝子里绞了绞，抽出来，血，喷了哥哥一脸，便砰的一声仰倒在湖水里去了。

随着呲的一声，谢小娥把一柄匕首又插进了申老大的后背。

由于仇恨满腔，用力过猛，刺得太深，她惊惶失措，匕首竟拔不出来。

申老大背着匕首转过身来，见是谢小娥，莫名惊诧，悔恨交加，一声大吼直向谢小娥扑去。谢小娥急闪一旁，仰倒船舷，差点儿翻进湖里；而申老大因扑了空则像狗抢屎一样趴在了船上。没等他翻身爬起，老船工的凳子已在他的脑袋上开了花。

谢小娥惊呆了，四肢发软。

"谢姑娘，还等什么？还不快给你爹和你丈夫报仇？"

老船工的喊声使她恢复了力量。她接过老船工递来的凳子，用双手举起来，朝申老大的脑壳、背脊、屁股、脚杆，砰砰砰砰一阵乱砸，直到她使尽了最后一点力气，气喘吁吁，才把凳子丢在了一边。

老船工把申老大翻过来，但见他两眼圆睁，张着嘴巴，十分吓人。

谢小娥蒙住眼睛，下意识地背过身去，双膝一软，跪倒在船上。她是在忏悔，还是在祈祷，在告慰她的父亲和丈夫的亡灵？

老船工把死尸拖到船头，一脚踢进了湖里。并立即把船划得远远的，用湖水把船舱冲洗得干干净净，没留下一点痕迹。

申老大原本想杀死兄弟后再干掉老船工，没想反被老船工和谢小娥联手把他杀了。

夜静更阑，无边的黑暗和沉寂，但启明星已从天边钻出来了，隐隐地闪着微弱的光亮。到哪儿去呢？九江？景德镇？都不能去了，他干脆向南昌方向开船，送谢小娥返乡。

谢小娥的父仇、夫仇报了，可父慈夫爱的人生欢乐永远不复存在。回到南昌不久，她便进了尼姑庵，削发为尼了。

八 咋是两面人

韦正匆匆吃过早饭，正正衣冠，便急急离开官邸。后边跟着几个差役，抬着书橱、"文房四宝"之类的什物。

昨夜洒了几颗细雨，黄土地面微尘不扬，空气清新，树叶如洗，道路两旁的青草上沾着晶莹的露珠，在初升的阳光下，闪着绚丽的色彩。

是一个"访贤"的好天气。

韦正（东汉时人）就任庐江府太守已一月了，前来拜候的地方官绅，络绎不绝，却没有毛义的消息。听说毛义生性恬静，淡泊名利，喜欢过自由自在的乡村生活。平日除了精心侍奉父母，便蜗居在书房读书、作画、写文章，自得其乐。朝廷几次要他做官，他都婉谢了……既然这样，为什么要人家上门，何不主动前去拜望呢？啊，不，也不要去打扰他。不过还是应该表示表示才对。作为地方官不能无视在野的贤才，爱才、惜才、助才是为官的责任啊，于是就派人带着自己的名帖和若干金银布帛前去问候。可是前去的人回来说，毛义很有礼貌地接待了他们，但无论如何不收财礼，据说前任的庐江太守也曾遇到过类似的情况，大人不必耿耿于怀。

"我何尝耿耿于怀了？"韦正说，"毛义确实是位高雅之士啊！

· 66 ·

我们对他应该表示敬重嘛。"韦正背着手在花厅里踱着步。稍时，他问在旁的师爷，"依先生之见……"

"我仔细观察过了，我看毛义并非故作清廉绝俗，他的生活的确朴素，身上那件蓝衫相当陈旧，书房的陈设也十分简陋……"

"好！"韦正眉头舒展开来，高兴地说，"送他一套高雅的书房陈设，一定要精致好看而又不落俗套。立即去备办吧！"

……韦正在乡间的小道上愉快地走着。渐近毛家院子，为了表示对毛义的敬重，连马也不骑了，又破例不叫通报。把随从留在院坝前，独自走进毛义的书房。

毛义正在写一幅中堂，竟未听到来客的脚步声。

韦正静观默察，书房是简陋得很，除了壁上悬挂的几幅前人的墨宝暗暗生辉，别无一件像样的什物，书桌、茶几、坐凳尽都斑驳脱漆了。他暗暗欣赏了一阵毛义正在作的中堂，那功力实在不浅，一待毛义落款搁笔，便情不自禁地赞叹起来：

"好古朴苍劲的碑体呀！"

毛义回头，见一位中年汉子，素衣小帽站在背后，不觉脸上泛起微微的红晕：

"先生过奖了。学生胡乱涂鸦，不过为友人乔迁之约聊作补壁罢了。先生请坐。"毛义彬彬有礼。

"打扰打扰，抱歉抱歉！先生高堂贵体可还康健？"

"康健，康健，谢先生问候。"毛义不断拱手，表示谢忱。

"先生孝名远播……"

"不敢不敢，徒有虚名，请问先生……"毛义忙接过话头，转问，"请问先生大名……"

"啊，鄙人韦正，特来拜望先生……"

毛义一怔，是新任太守？急忙拱手致歉："大人光临，有失远迎，学生实实不知，望大人涵谅。"说着又要下拜。

韦正上前拉住："呃呃，不必如此，下官今天是登门访友呀！"

"访友？"

"呃呃，访友，访友！哈……"

毛义见新任太守如此豁达坦诚，不觉也会心地笑了。茶泡上来后，两人谈得甚是融洽。韦正还去拜望了毛义的双亲，毛义更加感激。但一说到礼物，毛义便又不自在起来："学生……"

"呃呃，先别说拒绝，还是看看好吗？"

韦正一把拉住毛义的手，来到院坝。毛义一见尽属书房之物，而且做工精致，格调极其高雅，有鹿角装饰的书架，海贝镶嵌的端砚，象牙雕刻的笔筒、笔架，安徽特制的徽墨和宣纸……毛义十分欢喜，以致忘情的抚摩，爱不释手。

韦正把这一切看在眼里，放下心来，却又故意玩笑：

"贤弟，要不要哇？不要我可就……"

"要，要要！谢了，谢了！"毛义把砚台捧在手里，一迭连声地说。

"我以为贤弟又要我把东西搬回去呢。不搬走了？"

"不搬走了，不搬走了！"

"哈……"两人同时大笑起来。

从此，毛义就用太守赠送的义具写他的锦秀文章，而且一有空就把它们擦拭得干干净净，爱胜珍宝。

韦正想，毛义到底是位文人雅士啊！

"韦太守枉驾访毛义"的事一经传出，韦正的官声一下响了起来，他到庐江府才一个多月呢。高士毛义的名声不用说更是响当当的了。

每天家里，不敢说是"杯中酒不空"，倒也确乎是"座上客常满"。一杯清茶，谈古论今；一幅宣纸，纵横千里……毛义生活得十分满足。可是数年之后，家境日渐贫困，父母的年事也渐高了，有时还听到父亲暗暗地叹息……

韦正在庐江府任满调去杭州，数年之后，又调同州，路过庐江，兴致勃勃去会老友毛义。他径直走进毛义的书房。心里一下沉了下来——四顾茫然，空了！书房依然是先前那些陈旧的家什，而且更加破旧了，他所赠送的那套"宝贝"全都无影无踪。哪儿去了？未必真是"人一走，茶就凉"，瞧不起我韦正，待我一离庐江府他就视之如敝屣，丢弃不用了吗？这位"逸士高人"也太"高雅"

得不近人情了。韦正心里很不是滋味儿。出于礼貌，他不便探问究竟，还是和毛义说了些"山长水阔"、"不胜云树之思"的话，还是向毛义表示了由衷的仰慕。正打算离开，忽听传来了敲门声，原来是庐江府送来了朝廷任命毛义为安阳县令的文书。大出韦正的意外，毛义非但没有像先前一样"婉谢"，竟然喜形于色，毫不掩饰他内心的激动。他手捧檄文，匆匆跑进父母的卧室，过了许久才走出来，出来时还兴奋得满面红光。

这是怎么啦？这毛义何以前后判若两人？当年朝廷征召，屡辞不受，而今为什么如此热衷功名？不过是一个小小的县令嘛！

韦正早已心中不悦，见此情此景，对毛义更觉厌恶、轻蔑。毛义之自命清廉雅正，实为名利之徒，走终南捷径，欺世盗名，把自己都骗了。于是不告而别，悻悻地离开了毛义的家。

两年后韦正调任京官，不时听到毛义的一些传闻。说他在安阳县任上，勤政爱民，政绩卓著，被人称为"清官"，名闻遐迩。说他把父母接到身边，朝夕侍奉，自己一如既往自奉甚薄，衣食俭朴，可总是把美衣美食孝敬父母。母亲逝去了，他哀痛不已，终日以泪洗面。朝廷为嘉奖他忠孝两全，要调他赴任京官……

不久又听说，皇帝的诏书下到安阳县，毛义正要启程，父亲突然发病，病势沉重。弥留前对毛义说："我总算看到你为朝廷为百姓做过一些实事、好事，为祖先争了光，我也该含笑九泉了。"父亲去世后，毛义哀毁不已，以至颜色憔悴，形容枯槁，不成人样。朝廷一再催他进京，他始终迁延不去。治理好父亲的丧事后，便扶着父母的灵柩，回到老家安葬，从此他再未出去做官，像当年一样，重又过着他清贫、淡泊、闲逸、自在的隐居生活。

韦正听到关于毛义的这些传闻，觉得毛义这人简直不可思议，怪得出奇!

两年后,韦正趁视察江淮之便,三访毛义院子。毛义到底是何等人物,他一定要弄个明白。

此次他照旧便衣小帽,轻装简从。一到毛义家,见屋舍更加破败。毛义本人不过四十余岁,正当壮年,却已两鬓覆霜。书,依然读;字,依然写;画,依然作,就是谢绝了一切交游,门前冷落,荒草萋萋……

"贤弟别来无恙?"韦正不觉又关心起毛义来了。

"好,好哇!仁兄在洛阳可好?"毛义虽貌似衰老,而心地一如当年恬静,毫无落魄凄惶之态。

谈及往日,毛义莞尔一笑,说:

"仁兄对愚弟有些……有些误解吧,作为朋友,感谢你多次来看我,我不得不坦诚相告了……"

原来毛义家贫无奈,是为赡养父母,满足父亲的心愿,才违心去做官的;为了赡养父母,连韦正送给他的那套"瑰宝",他最珍爱的瑰宝,也给卖了……

韦正听了,多年笼罩在胸中的一团疑雾顿然消释。联系前前后后的情景,他不得不更加敬重毛义的为人。

后来韦正感叹地对同僚们说:

"贤德的人,实在是不能用世俗的心理去推测他的行为啊!不慕功名利禄,热爱自由自在的生活,但为了父母,只好委屈自己的心志;不看重金银财宝,珍视我送的高雅的文具,但为了父母,不得不放弃自己的心爱之物;父母一旦仙逝,便不再涉足仕途,闭门隐居,重返自然,过他恬静、淡泊的生活,做自己喜欢做的事……毛义不愧是受人仰慕的逸士高人啊!"

九　裸身引蚊咬

　　黄家今天办喜事，全村的男女老少都欢天喜地的前去祝贺。有的送豆腐，有的送菜蔬，有的送鸡鸭，有的送腊肉，有的富裕人家甚至送去一匹匹布帛、一石石大米、一头头猪羊……据99岁的张奶奶说，自她晓事起，八九十年来，从没见过也没听说过，哪家办喜事收过这么多贺礼，连县太老爷都坐着轿子，抬着两大箱绫罗绸缎、金银首饰亲自祝贺来了。"啧啧，都是黄家祖上积了阴德啊！"

　　太阳暖融融的，黄家院子里开满了金灿灿的迎春花，红艳艳的、白莹莹的桃李花；喜鹊在树上跳来跳去，喳喳地欢叫着；燕子在堂屋院子内飞来飞去，翩翩起舞。帮忙的人太多了，嘻嘻哈哈像自家办喜事一样兴奋快乐。

　　窗户上贴满了"鸳鸯戏水"、"观音送子"之类的剪纸窗花，斗大的"喜"字贴在堂屋的正堂，大红灯笼挂满了屋梁……唢呐哩哩啦啦吹起来了，鞭炮噼噼啪啪响起来了……

　　"新郎新娘拜堂——"

　　新郎从右厢房、新娘从左厢房同时走到堂屋的正中，并排站在一起。

　　来宾中的成人们都很庄重，可年轻娃娃们，有的指指戳戳，有的掩嘴而笑。

原来新郎的个头很小，新娘的个头很大，新郎的脑袋只齐新娘的肩膀那么高呢。

有个小伙子，用嘴巴伸到挤挨在他身旁的姑娘面前嬉皮笑脸地说：

"那新郎不用弯腰埋脑壳，就能拱着新娘的奶子啰！"

说着就在姑娘的胸脯上摸了一把。

姑娘的脸羞得绯红，她又急又气地骂道：

"你要死啦！你咋不去摸你的妹子！"

骂着骂着又咯咯地娇笑了起来。

原来新郎才十三岁。他叫黄香（东汉时人）。黄香确实还未发育成熟，又矮又瘦，从那严肃的神情来看，倒像是一个老成的大人了。

新娘已经十八岁了，她名唤玉儿。高挑挑的身材，胀鼓鼓的胸脯，红扑扑的脸儿，俨然是一个青春焕发的大姑娘了。

"小丈夫，大媳妇"，这在东汉年间的乡下，并非稀罕的怪事，可知书达理的小黄香，为什么要娶一个比他年长五岁的妻子呢？

……夜深了，"闹房"的乡亲们都先后离开了黄家院子，连旋皮涎脸的小伙子们也都没趣地回了家。

黄香在自己的右厢房里，坐在灯前捧着书看。玉儿在左厢房里，不安地坐在床上，她时而发呆，时而抿着嘴儿偷偷地笑；时而把大红的嫁衣脱下，时而又把它们穿到身上。

在正房里的父母十分不安，他们嘀咕了一阵之后，父亲走进右厢房，母亲走进左厢房。父亲对黄香说：

"这怎么成呢？新婚之夜，你们必须合卺嘛！去吧，去吧，啊，不然人家会笑话……"

母亲对玉儿说：

"你如今是人家正式的妻子了，哪有夫妻不同房的呢？黄香还小，这方面不懂事，你做姐姐的就该主动去服侍他——服侍丈夫是天经地义的嘛……"

玉儿吃吃地笑着。她正准备跟母亲往外走，父亲已推着黄香来到了门口。

老夫妻俩见黄香进去后，把门关上，赶忙回到自己的歇房。

黄香觉得自己真正长大了。他一脸严肃地望着玉儿，心里十分矛盾，他真不知道怎么做新郎，但他十分明确一个男子汉大丈夫的责任。他想，等我真正长大成人了，我一定要做一个好丈夫，可是现在该怎么办呢？在新娘子面前，他毫无冲动，他只觉得她长得很美，就还是把她当姐姐看待吧！

"姐姐，你就先上床睡吧！"他歉疚地说。

"姐姐？谁是你的姐姐啦？"玉儿飞着媚眼说，"我可不愿当你的姐姐了……"说着掩着嘴儿吃吃地笑了起来。

黄香见玉儿那副神态，紧张的心情放松了。他俏皮地说："你还是我的玉儿姐嘛！是不是？"

听了黄香的傻话，看着他那副娃娃脸，玉儿咯咯咯咯笑得更起劲了。她伸出双臂一下把黄香搂在怀里，用她丰润的嘴唇在他的娃娃脸上响响地"啵"了两下。黄香挣扎着，又紧张起来。

她把他抱到床上，一边给他解衣脱鞋，一边像一个真正的大姐姐那样给黄香盖上了被子，一边哄着他说：

"姐姐还是你的姐姐，弟弟还是我的弟弟。两三年前，你不是还同姐姐睡在一张床上吗？害什么羞嘛，我们姐弟做对假夫妻，哄哄爹妈高兴，遮遮乡邻的耳目不行吗？"

黄香乐了。他一头扑进玉儿的怀里。虽然他仍没有一个成熟的男人对女人的那种激情，但第一次接触玉儿丰满温润的胸脯却也生出一些异样的兴奋。

玉儿的感觉自然与黄香有些不同，但她除了把黄香紧紧搂在怀里，别的似也未生出什么渴望。她像一个年轻的母亲爱抚孩子一样，让黄香贴着自己的胸怀。她来到黄家已经三年了，她看得出来，黄香是个好孩子，将来一定是个有出息的男人，一定会成为她的好丈夫。

没想到黄香的小脑袋一贴近她的胸怀，嘴里嘎嘎嘎嘎的嚷着，两手不停地搔她的腋窝，搔得她在床上扭去扭来，格格格格笑个不停。他们把被子蹬到了床下，黄香在宽大的床上竟调皮地翻起跟斗来，姐弟俩闹得不可开交。老大妻俩在隔房听了也忍不住笑。"万事大吉"了，他们想。

……四年前，即黄香九岁的时候，他的生母不幸去世了。黄香幼小的心灵实在无法承受。他深爱他的母亲，如今却永远失去了母亲的爱。他伤心，他痛哭，三天三夜不吃饭，守在母亲的灵柩旁，还不许别人把他母亲抬出去安葬。父亲和亲朋怎么劝他，他都不愿离开他的母亲。最后，还是一同上学的玉儿姐姐把他哄开了。

玉儿姐姐把他拉到屋后的竹林里，不知说了些什么，黄香似一下明白了许多道理。他身穿孝服捧着灵牌把母亲送上了山。

树树皆秋色，山山唯落晖，枯黄的衰草在寒风中颤栗，四野一片苍茫。

黄香为母亲的坟冢捧了最后一抔土，拜了三拜，跪在坟前低着头，又陷入了无限的哀思。

眼泪淌下来，无休无止，坟前的草叶儿上沾满了泪珠。

玉儿站在一旁也陪着他流泪。

天渐渐黑了下来。玉儿向黄香示意。黄香扶着伤心过度的父亲，回到家里，服侍父亲躺到床上，久久地陪着，安慰着。一阵寒风袭来，他掖掖父亲的棉被，呆呆地望着窗外那棵老树。黄叶纷纷扬扬，在空中打着旋儿，枯枝上只剩下最后一片绿叶，还不住地颤栗。低头看看父亲清瘦枯黄的脸和那失神的眼睛，他的心又一阵阵酸楚。

母亲去世了，更要好好服侍父亲。从此，每天天不亮，他就

起来打扫院子，做饭，洗衣，到山上去捡柴，夜深人静了，才在灯前坐下来，默默地读书。父亲心疼他，但怎么也拦阻不住。黄香说："自己年龄虽小，能做什么就做什么，家务事也累不着，还望爹爹自己多保重。娘走了，孩儿再也不能服侍她了，只能多为爹爹尽一份孝心了，望爹爹健康长寿……"

冬天，屋子里很冷很冷。黄香钻进父亲的被窝，用自己的体温，把父亲的被窝焐暖和，才请父亲躺上床，然后又睡到另一头去，把父亲冰凉的双脚焐到自己的怀里，让父亲暖暖和和地度过寒冬。夏夜，屋子很热很热，黄香浑身冒汗，可他坐在父亲的床边，不住为父亲打扇，一股股凉风拂去父亲身上的暑热，直到父亲睡熟了，能听到微微的鼾声了，他才到另一张床上躺下来，而且脱光了衣裳，光着身子让蚊子叮咬，也不挥扇，心里还不住默念：蚊儿呵，都来咬我吧，可别咬着了我的爹爹……

九岁的黄香，小小的年纪，孝敬父母至于这种地步，那片赤子之心呵，谁不为之感动？连孝感县的县太爷都知道了。

但是最了解黄香的还是玉儿。她像亲姐姐一样地关心黄香。她同他一道上学，她还帮他做过不少家务，她甚至像小妈妈一样填补了黄香失去的母爱。

不幸的是，两年后玉儿的父亲也去世了。黄香也像以前玉儿安慰他一样安慰着玉儿。他们几乎每天都要到彼此的家里去玩，去一起读书，去做家务，去看望彼此的老人。

黄香的父亲正当盛年，虽然儿子很懂事，很孝顺，但中年丧妻必定寂寞。近一年来常常一人坐在屋里发呆，深夜里黄香在灯下读书，写文章，总能听到父亲在床上不断翻身甚至微微的叹气，而且脸上也渐渐失去了中年人的光彩。黄香一天比一天为父亲担忧了。

一天放学的路上，黄香突然拉住玉儿的手往后山上跑去。

"你这是做啥嘛？"玉儿问。

"我有话跟你说。"黄香神情严肃。

"咦，你要说啥，这么认真？"

黄香低下头好一阵，他忽地抬起头来：

"你妈还想你爹吗？"

"你爸还想你妈吗？"玉儿反问。

"唉，这怎么说呢？……我觉得我爸一个人很可怜……"

"唉……"玉儿叹一口气，幽幽地说，"我妈有时也背着我流眼泪……"

黄香沉默着。玉儿勾着头，一滴一滴眼泪掉了下来。

黄香突然蹭过去挨着玉儿坐在一起。

"玉儿姐姐，我想好了！"他大声说，像宣告一件大事一样，"我们两家合成一家。就这么办了！"

玉儿抬起头来，惊奇地望着黄香，眼里还浮动着亮晶晶的泪水，便咯咯地笑了起来。笑后撇撇嘴：

"'你想好了，就这么办了'？人小口气大，你一个小孩子能当大人的家？"

说着又咯咯地笑了起来，笑得在枯竹叶堆上扭来扭去。

黄香一本正经地说：

"有什么好笑？我回家就跟爹说去，我求他娶你妈妈；你回家给你妈妈说去，让她嫁给我爹爹。成不成嘛……"

玉儿不笑了。其实她早已有同样的想法。但她故意淡漠地说："我才不管大人的事呢！"

黄香急了："你不喜欢我爹?"

"当然啦,"玉儿样子更加淡漠,"我不能喊你爹叫'爹',也不许你喊我妈叫'妈'。"

黄香气愤了,他站起身来,就往山下跑。

玉儿一边追赶一边大喊:

"黄香,我答应啦!我答应我妈和你爹……"

黄香听了十分激动,他反身又往回跑。他们撞到一起,抱在一起,在竹林里翻滚。嘻嘻哈哈,惊得竹林里的鸟儿扑棱棱直往山上飞……

一月之后,两家果然合成了一家。

鳏夫与寡妇结了良缘,活得很开心。

黄香与玉儿成了真的姐弟,他们更加快乐。

黄香的孝名早在两三年前就在孝感县传开了;到十三岁的时候,他又成了孝感县著名的神童。县太爷十分赏识他,就要他到县学去深造。学费由县太爷本人资助。

黄香要离家了。二老看出来,玉儿这些天总有些闷闷不乐。黄香也看出来了。

一天,黄香对玉儿说:

"姐姐,我要去上县学了,爹妈只有托付给你一个人了。"

"谁是你的姐姐?"玉儿脸色难看地嗓黄香,"你走,你走,我没有你这个弟弟了!"

黄香沉默许久。他既为要离开父母而忧心,又为要离开姐姐而有些茫然。

晚上,黄香没有像往常那样坐在灯前专心致志地读书。他时而呆呆望着闪烁不定的烛光，时而仰卧床上枕着双手胡思乱想。不知什么时候，父亲来到他的厢房。

父亲说："香儿，你这一去也许是三年五年，说不定还要到更远的地方去游学，做官。你爹你妈，身体都好，你尽可以放心。只是你玉儿姐……"

黄香打断父亲的话：

"爹，我想，我想和玉儿姐订婚。请你老人家做主。"

父亲一下笑了。

"好孩子，你想得周到。爹妈也有这个想法。玉儿怪可怜的，她都成大姑娘了。只是……只是你比她小五岁……爹怕委屈你了……"

"爹，孩儿主意已定。等我长到十八岁的时候，就回来和她成婚。"

"唉……"父亲现出为难的样子。"那……你妈问过玉儿，她不愿意离开这个家。可是，她都快十八岁了，再等三年五载……不如……不如你离家以前就把婚事办了。当然，当然你还是可以把她当姐姐看待嘛！"

黄香想，也是，玉儿怎么能等那么长久呢？从内心说，他也离不开他的玉儿姐姐，虽然还不懂男女之间的那些事。而且，有玉儿姐姐照看父母，他在外求学就更放心了。

于是这"小女婿"和"大媳妇"就正式结婚了。

后来，黄香做了官，把父母和妻子接到任上。一家人一直过得很快乐。

玉儿永远都那么年轻，到三十四五了，还像一位漂亮的少妇。只是，她似没有生育，所以她主动出面为黄香娶了一个小妾。小妾生了一个孩子，祖孙三代过得更加开心。

十　仙女配凡人

读书人未必不能吃苦耐劳。你瞧，董永这位书生，天天上山砍柴，背柴，一个人要供裴家庄五六十号人的燃料，晚上还要舂米，不吃苦耐劳成么？

太阳偏西了，山道上不是处处都有树荫遮掩，烈日的毒焰舔着他的脸、他的赤膊和光腿，背上压着的木柴像要着火一样，真担心它燃烧起来。即便是浑身像泼了水，胸腔里那口"锅炉"产出的蒸气，还一个劲儿从周身的毛孔往外冒。啊，当然，董永那个时代，即1800年前的东汉末年，哪有什么"锅炉"呢？就是有也安装不进人的胸腔，我不过是说离武汉不远的孝感县当时那股热劲儿，简直令董永这位樵夫"心中如汤煮"了。

好在离庄子已经不远。他放下压在背上的大捆柴，他要到附近一个小湖里去美美地泡个澡。

这个小湖，掩映在树林里，又干净，又清凉，绿莹莹，凉幽幽，是大自然赐给董永专用的"澡盆"，董永近两月来，天天到这个时候都要去泡一泡。可是今天似乎不大对劲，远远的他就听到一群女娃娃清脆的笑声。他踌躇了，去，怕有失体统；不去，又热得心慌——而且女孩子的笑声对年轻男人的吸引力似难以抗拒，即便是老实巴交、身处逆境的董永。

他略微向前走了几步，便停住脚，只从树叶缝缝里向他的"澡盆"觑了一眼。啊，真是不看不知道，一看吓一跳。他连忙离开"现场"。可他眼睛里那两部"摄像机"留下的"镜头"，却不断在脑"屏幕"里推、拉、环、摇，远、中、近、特写镜头，什么都有：有的如浪里白条，有的似鲤鱼打挺；有的长发飘曳，宛若在漂洗黑色的丝绒；有的裸身半露，洁白的肌肤与太阳争辉……水花溅溅，娇笑扬扬——啊，这似乎又是留在耳里的"录音"了。

董永回到庄子，接连冲了几桶冷水，身上的蒸气仍不住外冒。饭是吃不下去了，水却喝了一碗又一碗，肚子胀鼓鼓的。晚上，在摇曳不定的桐油灯光下，"嘎吱——"、"吱嘎——"，他脚踩木头舂米的劲头，或者说兴头，仍是大大的，足足的。如果是平日，早就累了，困了，该在床上打鼾了，而这天晚上，他却犯了"知识分子的通病"——失眠。

次日，他背柴下山，不再去他的专用"澡盆"泡澡，更不要看人家泡澡，不去，永远不去了，她们害得他好"苦"、好"苦"！

苦尽甘来，他突然有了艳遇。这是在第三天，就在他下山离开小湖不远的路上，迎头碰着一个村姑。他背着柴，埋着头，"走自己的路，哪管他人'挡'去"，可村姑虽然没有"说三道四"，却一次又一次挡住"他的前途"。他往东，她也往东；他往西，她也往西……

"唉……请你……"

"大哥，不想歇歇脚么？"

听声音，村姑似转到了背后？谢天谢地，总算让开了道。他耸耸肩膀，头也不回，欲尽快溜走。奇怪，背上轻了，轻得似什么

"身外之物"都没有了。他下意识回头一看，啊，又是"不看不知道，一看吓一跳"，村姑丰姿绰约，袅袅婷婷，好生面熟呵，怎么像那天坐在湖边晃着光腿戏水的女子？他记得正是那女子向他躲藏的地方望了一眼，他才"做贼心虚"地赶忙离开"现场"的，而且为此让他一夜在床上辗转反侧。

　　他避开村姑的注视，把头掉向一边，那一边靠岩的石蹬上，稳稳地顿着他那一背架木柴。他更加惊讶了，恍恍惚惚心里嘀咕：我是没歇嘛，它怎么自个儿就歇下了？

　　他去背那木柴，那木柴似已和山沾到了一起，怎么也背不起来。

　　"嘻……"

　　听到村姑的笑声，他很尴尬。唉，现在而今眼目下，是不得不歇了。

　　村姑笑嘻嘻地望着他，他瓜兮兮地盯着脚丫。

　　村姑似逼得很近，连她口鼻里的气息都像带着花香的微风一样拂在了他汗湿的脸上。他憋得满脸通红，只是不抬头，不吭声。

　　稍后，似又听到了抽泣。他慢慢抬起头来，怎么，她哭了？抽抽搭搭的，还抹着眼泪。他慌了。

　　"小娘子，你……有伤心事？"

　　"人家咋不伤心嘛，呜……呜……人家没爹没娘，没一个亲人……人家想要大哥……帮忙，大哥又只顾自己……赶路。呜呜，呜呜……"

　　"唉……"他长叹一声，"我也是自顾不暇啊！不过，小娘子确有难处，尽管说来，我董永再穷再难，也不能坐视他人之难不管不顾。说吧，需要我做什么？"

　　长期被劳累和痛苦堵塞的喉咙疏通了，说话流畅起来，虽然还是人家的奴仆，而男子汉大丈夫的豪气此时竟回到了身上。

　　村姑扑哧一声，又咯咯地笑了，那笑声比天上的云雀嘹亮婉转的歌声还入耳，入心。

"'小娘子'我知道大哥哥善良诚恳，乐于助人，'小娘子'我还知道大哥哥大名董永，是个孝子……"

董永迷惑地望望小娘子，小娘子的话不禁又勾出了他满腹的辛酸。

董永原来是山东人。弟兄三个，他是老幺。分家时，两个哥哥把好田好土全占了，甩给他的尽是些夹石星星地。生活无论怎么艰难，他仍一人承担着对双亲的供养，尽心尽力。学不能上了，可深更半夜他依然照着松明手不释卷。两年前山东大乱，两个哥哥被贼子乱刀砍死，他带着二老逃到了这里——湖北的孝感县。父母年老多病，他尽一切努力侍奉汤药，可无济于事，还是先后去世了。为给父母治病他欠了一屁股债。乡绅裴翁见他可怜，又借给他一些银两，让他为父母买棺入殓。唉唉，书生落难，囊中羞涩，大丈夫又当知恩必报，只好放下架子，卖身为奴，进了裴翁的庄园。

……想起这一切，怎不令董永辛酸？但辛酸而不落泪，尤其是在女人面前。

"大哥哥，你咋不问问我呢？"

村姑耐不住董永的沉默，更不愿意见他那欲哭无泪的辛酸，便把话递了过去。

"啊，失礼失礼！"董永忙站起身急急地说，"请问小娘子高姓大名，何方人氏？"

"'高姓大名'，可说不上。"村姑见他那一本正经的样子，又忍不住要笑出声来，忙用手捂着嘴巴，"这'何方人氏'嘛，远在天……天边！""天边？"董永好奇地瞪大眼睛，"该不是蓬莱仙岛、东瀛扶桑？抑或是琼州南洋、长城朔漠？"

"嘻……不说就不说，一说一大串。"村姑笑弯了腰，用纤纤素手直指天上。

"啊?"董永恍然大悟,兴奋地说,"那,你我可能还是同乡,你一定是住在高耸入云、直靠天边的泰山了。也是逃难来此的吧?他乡遇故知,可喜呀,可喜呀,有礼了,有礼了……"

忘乎所以了,面颊飞红,不住拱手。

村姑觉得这呆子说到太阳落坡,还在麦子地里,不如直接进入主题,便接着他的话头,凄凄惋惋地说道:"我逃难途中与家人失散,孤苦伶仃,无依无靠,既然与大哥同乡,'亲不亲,故乡人',大哥能不能……带我回家?"

"回家?回你的家还是我的家?"

"当然是大哥你的家嘛。"

"家,家,家!"董永又不禁悲从中来。眼见这村姑美若天仙,一颦一笑都能拨动他的心弦,驱散他心中的忧闷,而且遭遇与自己一样不幸,如果能与她结成伉俪,在患难中相濡以沫,那是梦寐难求的好事,然而,可是……

"唉……我董永哪里还有家啊!"

村姑大大方方地一把拉住董永的手,满怀深情和信心地说:

"董郎,只要你娶我为妻,一个月后,你一定会有一个家的。"

董永大为感动,但他突然挣开村姑的手,蹬着脚无可奈何地说:

"我,我董永怎么能让小娘子你跟着我受苦啊!何况我现在还身不由己。你走,你走,你去找一个富裕的人家吧!"

董永的善良和诚实,激起了村姑真正的情爱。她再也不时而嘻嘻哈哈、时而凄凄惋惋和他玩了。她庄重而不容置辩地说道:

"富裕人家我过厌了,我就是要和你这个穷……穷董郎过。快把柴背上，我同你一道回裴家庄。到了那里，我自有办法。"

村姑轻快地在前面走，董永懵懂地在后面跟：天下竟有这种奇女子，摆都摆不脱，……也难怪，人家确有难处嘛……他想。

裴翁也是一个好心人。给他俩操办了婚礼，还答应了村姑为他织成 300 匹细绢替董永赎身的要求。

谁也没想到这村姑手艺之高超，天下最巧的媳妇儿都无与伦比："纤纤擢素手，札札弄机杼"，飞梭走线，绢如瀑出，令人眼花缭乱，不到一月，300 匹细绢便"交了货"。而且那个质量呵，怎么说呢？只有简单地说了，除非天上的云霞才有那么轻柔、艳美。一"进入市场"，绝了！使天下所有的丝织品什么"蜀锦"、"苏绣"、"广绸"全都黯然失色。一时间，裴家的丝绸享誉海内，名满九州，一股"抢购风"席卷华夏，而且沿着丝绸之路吹到了中亚、东欧……话说回来，再好也只有 300 匹，唯其如此，就像某些纪念邮票，发行数量越少价值越高。裴翁"地主"都不愿当了，他要卖掉所有的田产，大量"注入资金"，"扩大市场"，把裴氏丝绸这个"名牌产品""打入国际市场"……可是他的梦想化为了泡影，因为按合同，乙方 300 匹货一交到他的手上，小媳妇便拉着丈夫董郎回到他们自己的家了。

这对小夫妻一边走，一边快乐地歌唱：

> 树上的鸟儿成双对，
>
> 绿水青山带笑颜。
>
> 从今不再受那奴役苦呵，
>
> 夫妻双双把家还。
>
> 你织布来我种田，
>
> 你挑水来我浇园；

你我好比鸳鸯鸟，

比翼双飞在人间……

常言道"憨人有憨福"。董永取了这么个美若天仙、巧似神女的媳妇儿，令天下的男人都为之倾倒。她还为他生了个"金童"般的小宝宝。小两口的日子过得比什么来着？按俗话说的"比蜜甜"也无法形容。

但是有一天，大概是深秋的一天吧，小媳妇儿抱着小宝宝愁绪满怀，心事重重，忽而望望天上，忽而又走到丈夫面前，似有话说，却总又"欲言还休"。最后在丈夫的追问下，她终于说了，说她要"回天上去了"。

"什么？'天上去'？"简直是天方夜谭！董永哪里肯信。

小媳妇告诉他，她本是天上的"织女"。玉皇大帝因他为父母而卖身为奴，特派她前来解救。现在"任务"完成了，上头几次派人前来催她重返"岗位"。她原本是为"完成任务"来给他做妻子的，可与他相处之后，真心爱上他了，而且爱得很深很深，云云。

董永一听，傻了。双膝咚的一声跪到地上，一把抱住"织女"的腿，呼天抢地，哭得泪人儿似的。

"人生自古伤别离"，更哪堪人间天上之远离之永别呢？但是"天命难违"，"织女"——有人说就是"七仙女"——还是踏着彩云飞了，飞上天去了。一刹那，乌天黑地，一阵急雨洒落下来——那当然是七仙女的眼泪了。

不过董永并未完全绝望，七仙女也是一个情痴情种，一个很"守信用"的人，据说每个礼拜天——不，现在是"双休"日——她都要来探访她的宝贝儿子，当然也要和董郎美美地温存一番。

十一　待友吃凉粉

　　郭泰，字林宗。在东汉太学生运动中，身居首脑的地位。京城洛阳冠盖如云，而郭林宗最受尊敬。在他拒绝朝廷征召，回到家乡开馆讲学之后，全国各地许多青年学子，由于钦佩他的人品和学问，尽都纷纷投在他的门下受业，学生多达几千人。他的声名远播四海，相识几乎遍于天下，在华夏知识界谁不知道他的大名？

　　这郭林宗特别喜欢出外游学，在游学中又不断结识新的朋友。

　　一天，他路过陈留乡间。

　　太阳热辣辣地从中天直射下来，已经是晌午时分。他饥肠辘辘，又饿又渴。正好走近一户人家，看见一个年轻人在树下饮酒，不觉向那边望了一眼。谁知年轻人十分热情，定要拉他过去同饮。

　　"没劲，本想到场上和朋友喝两碗，太阳热得死人。一个人喝闷酒，没劲，没劲！"

　　年轻人满脸胡茬，光着脊背，一只脚踏在长凳上，歪起屁股坐着。一手摇蒲扇，一手端着酒碗，仰起脖子咕噜一声喝了一大口，把酒碗往郭林宗面前一推道：

　　"喝！我张喜儿没读么子'子曰''诗云'；'四海之内家（应为'皆'——笔者）朋友（实为'兄弟'——笔者）'，我懂。喝！"

郭林宗也是一代豪饮。可他面对这么个粗鄙的"朋友"，酒，却无意沾唇。

"喝，喝哇！么子不喝？你瞧不起我？"年轻人眼睛充血，盯着郭林宗，又看看桌上的一碟炒黄豆，一盘炒鸡蛋，突地向屋内大喊："妈！"一个衣衫褴褛的老妇人，颠颠地跑了出来，怯怯地望着儿子。

"你耳聋了，紧喊都不应？去——去场上端盘卤肉，再打一壶酒！"

老妇人瘦骨嶙峋的双手垂在腹前，翕动着干瘪的嘴唇，木然站立，似等待着什么。

"还愣着干吗，没见来了朋友？老不懂事的！"年轻人从肚兜里摸出几个铜钱，"啪"的一声拍在桌子上，"拿起走，听到没有？"

老妇人迟疑地伸出颤动的手，拿起铜钱，揣进怀里。

郭林宗连忙起身，恭敬地劝说老妇人："别去了，老人家，这么大的太阳。"

"去去去！"年轻人把郭林宗按到凳上坐下，"别管她，老不死的！咱哥们儿喝，喝！"

郭林宗目送着老妇人佝着腰跑也似的走出院门，心里酸酸的，像有什么脏东西涌上喉咙，腹下也像有些尿急。他横了年轻人一眼，便向屋后走去。路过灶房时，见小桌上摆着半碗稀饭，显然是老妇人未吃完的。乌黑的菜叶上只薄薄地裹了一层玉米糊，这哪是什么饭食啊，天下竟有这种不孝的儿子！

他从厕所里走出来，年轻人还拉拉扯扯要他过去喝酒，"畜牲！"他轻蔑地啐了一口，便拂袖而去。

"畜牲！畜牲！畜牲！"一向温文尔雅的郭林宗一路骂不绝口。

他急急赶路，赶上了老妇人。他把一锭银子塞在老妇人的手里，不忍多看她一眼，便沿着小路向乡场上走去。

在乡场的一家小店里，他喝了两大碗凉水，饭，却怎么也咽不下去。老妇人和那年轻人的影子，不断在他脑海里重现出来。他，心里说不出是愤懑，还是怜悯，抑或是厌恶。

他茫然地坐了一刻。

无意间，见路旁树荫下席地坐着一个中年汉子。看年纪，似比自己略长一些。那汉子面前摆着几双草鞋，手里捧着一本发黄的线装书，他既不招呼买卖，也不与旁人闲聊，似乎完全沉浸在另一个世界里。

汉子长髯齐胸，超凡脱俗，娴雅深沉，一下子把他吸引住了。郭林宗忽觉胃口大开，吃了一大碗饭后，莫名其妙，竟想邀那汉子一同喝酒。

汉子婉谢了他的盛情，态度不卑不亢，但十分谦恭有礼。

草鞋卖完了，日将西沉。汉子合上书本，向郭林宗鞠躬告别。郭林宗依依不舍。汉子似看出他的心情，于是诚恳地说道：

"先生是远方来客？如不嫌弃，可愿光临寒舍一叙？"

"客气，客气！"郭林宗口上说"客气"，双脚却不由自主趋向汉子面前，"打扰了，仁兄，请！"

汉子微微一笑，"先生请！"说着飘然领客人上路。

这汉子名叫茅容。虽然家境贫寒，平日以耕读兼卖草鞋为生，其贤德却是名闻陈留。当他知道去他家做客的，竟是郭泰，郭林宗，心中一懔，这郭泰的名声可是如雷贯耳啊！面对这位大人物，但他并非因此而改变他不卑不亢、落落大方待人的一贯原则。

翻过山梁，眼前便出现一座茅庵小舍。茅容一踏进门，就喊道："妈，儿子回来了！"招呼郭林宗在堂屋里坐下，便急急走进厢房。

郭林宗还未坐定就又跟进厢房，意欲向朋友的母亲问安。见老太太笑眯眯地正和儿子说着话，母子俩像久别重逢，那融融亲情，令郭林宗也感到十分温馨。

茅容让出坐凳，请郭林宗坐在母亲面前，随后又小声对他耳语道："母亲年迈多病，总想儿子留在身边。贤弟就和老人家聊聊吧，外面的见闻，母亲一定会倍感新鲜。愚兄就下厨房去了，恕不奉陪。"说着向母亲会心一笑，疾步走出厢房。

郭林宗和老太太谈得十分开心，引得老太太笑声不止。茅容久不露面，只从不远的灶房里不时传来劈柴、切菜和急急走动的脚步声。直到夜幕降临，茅容才又来到厢房，点上油灯，向母亲笑笑，拉着朋友回到堂屋。

"委屈了，贤弟，坐，快坐。"

说着又匆匆跑进灶房。

郭林宗呆坐着，屋里已完全黑下来了，他自己只好摸黑点上油灯。

茅容终于从灶房出来了，手里托着一个木盘，盘里盛着一碗鸡肉，一盘小菜，一碟豆花儿，一碗米饭。

郭林宗以为要开饭了，急忙起身去迎。

"坐，坐，快请坐！"

谁知茅容对他笑笑，托着盘擦身而过，径直走进厢房里去了。郭林宗尴尬地耸耸鼻子，堂屋里只留下淡淡的一缕肉香。

"妈，你细嚼慢咽吧，锅里还有呢。"

"要你说，鸡骨头都煨烂了，还卡得住你妈的喉咙？快陪客人吃饭去吧，别管我了。"

"那你老人家慢慢吃啊，儿子陪客去了。"

茅容从厢房出来，"抱歉，抱歉，请贤弟再稍候一时。"说着又匆匆走进灶房。

郭林宗对人虽说一向宽谅，此时却也不免有被冷遇之感。他想，谁不知道我郭林宗名士风流，座中客常满，杯中酒不空；天下人对我郭林宗又何尝不优礼相加？这茅容与众不同，先敬母亲，后待朋友，也可以理解，不过……

待茅容第二次端着木盘走进堂屋，更大大地出乎他的意料了：摆上桌待客的，没有鸡，没有鱼，连猪肉都没有；只有一碟花生米，一碗豆花，一大盘青菜，一大盆凉粉，当然还有一壶酒，两只杯子。诚然，古人说过，"君子之交淡如水"，但总不该如此之"淡"嘛。也许是一个"穷"字，由"穷"而生"啬"。唉……

"怠慢了，怠慢了，贤弟请别见怪。"

茅容的态度十分殷勤诚恳，却又十分坦然，竟未露出丝毫寒伧羞愧之态，仿佛他的所作所为绝对是理所当然。他斟满两只酒杯：

"请，贤弟请！"

郭林宗勉强举起酒杯，"仁兄请！"淡淡地呷了一口，随即放下。

"伯父、伯母可好，贵体可还康健？"茅容放下酒杯，十分关心地问，"贤弟远游在外，一定常怀思乡之苦吧！"

茅容一不问他旅游洗尘，二不问他事业成就，开口便问父母，且其态度又完全出自一片真诚。郭林宗恍然大悟，胸中疑团尽释。好一个纯情敦厚的孝子啊！他起身离座，趋前向茅容深深一揖："仁兄所问即是，所为极是：不因来客而慢待母亲，实实令愚弟肃然起敬。'百行孝为先'啊！父母生我养我，身为人子本当如此。尊重友人，更要尊敬父母，仁兄当为天下表率了！愚弟自愧弗如，自愧弗如啊！"

说着又向茅容深深一揖。

茅容扶起郭林宗："说哪儿话来？贤弟虚怀若谷，可敬，可敬！

久闻贤弟大名，如雷贯耳，愚兄十分仰慕；舍下清寒，礼数不周，还望贤弟涵谅!"

"误会了，误会了!"郭林宗举起酒杯与茅容一碰，仰头一咕噜喝了下去，一时兴奋得都哈哈大笑起来。

两位萍水相逢而又一见如故的朋友，酒越喝越多，心越来越热，话越说越上劲。

郭林宗道："敢问仁兄家境……如何?"

"还过得去。"茅容淡淡地一笑。

"就靠卖草鞋么?"郭林宗探身关切地问。

"啊不,还种了两亩薄田……"

"啊……"郭林宗叹息一声,顿了顿,"以仁兄的学识人品,何不出外谋事?"

"贤弟以为愚兄家贫,日子难耐么?哈……"

"啊,不,仁兄误会了。"郭林宗斟酌着字句认真地说,"大丈夫当为国家人民效力;仁兄纵令不为自己的仕进考虑,也要为伯母她老人家着想。要不要我向朝廷……"

"啊,不。"茅容截住郭林宗的话头,神色黯然,低头沉吟一阵说,"其实两位州县也曾举荐过,我母亲也曾教训过,只是,只是愚兄先父弃世很早,母亲又常卧病在宅,又无兄弟姐妹……"

"啊,那么,府上就没有别的……"郭林宗来茅容家一直未见他的夫人,很想问,但怕茅容有什么难言之隐,话到嘴边又咽了回去,只拿眼睛探询着茅容。

茅容看出了郭林宗的意思,"谢贤弟的关心……愚兄也确娶过一门亲事,不过三年前我让她离开了,家道贫寒嘛,我理解她……唉,不说她了吧!"茅容淡然一笑,煞住了话头,但一种莫名的感伤从笑意里透了出来。他把头掉向一边,茫茫地望着门外斑驳的树影,眼里竟浮上了一层泪光。

郭林宗感到茅容的绵绵情意未断,而且还很强烈。于是试探着问:"嫂夫人……人怎么样?"

"人,倒是百里挑一的……对我也不错……"

"啊,明白了。"郭林宗想,如果资助茅容一笔家产,或许还能挽回这段姻缘。于是问:"嫂夫人,她,现在……"

"已嫁给了一位富绅……我也没有什么遗憾……"一滴眼泪滚了下来，于是用双手使劲地搓了下脸颊和口鼻，借以遮饰，但呼吸却粗重起来，声音也高了，"不过，她对家母的态度我茅容无法宽谅！咳，不说她了吧，喝酒，喝酒！"他端起酒杯向郭林宗举了一下，然后一仰脖子喝了下去，随即咳嗽起来。

郭林宗不知说什么好，他提起酒壶起身给茅容添上酒，沉默一阵，想起午间碰到张喜儿和他母亲的情形，不胜感慨，不由自主地把他的见闻说了出来。

"贤弟没有劝他吧？"

"没有。"

"嗯，劝也无益，反受其辱。"茅容说，"那张喜儿是远近闻名的泼皮，愚兄就曾因为劝诫他要孝敬老人而受过他的侮辱。说来惭愧。不过，要是哪一天我茅容做了这陈留的地方官，我一定要让他跪到他的母亲面前认错！"说着，眼里冒出了火花。

郭林宗想：自古道"家贫出孝子"。事实并非完全如此，教养是其根本啊！同样是家贫，张喜儿就大不孝，而茅容则堪称贤孝了。于是他对茅容更加敬重。他举起酒杯，站起身朗声说道："祝仁兄的贤孝发扬光大，推己及人！干！"那意思还包含着劝勉茅容走进仕途的希望。

茅容心领神会，端起面前的酒杯一饮而尽，算是对朋友好意的回答。

饭罢，两位素昧平生的朋友，抵足而眠，彻夜长谈，十分投契。其后书信往来，竟成莫逆之交。待茅母过世，经郭林宗引荐，茅容出外为官，两人又同在一个州府。他们力倡孝道，严惩不孝之子，其敬亲爱友之举，蔚为风气，影响所及，人们无不称道。

十二　火烧宋英宗

　　英宗皇帝称病不朝一月有余了，一向"垂帘"训政的曹太后也不愿过问朝政。母子俩正较着劲儿。他们都很苦恼，而矛盾却又与日俱增，以至危机四伏，朝野上下为之震颤，四境邻邦也都拭目以待：亲宋的怕失去靠山，仇宋的则欲伺机兴兵……

　　这可急坏了同平章事宰相韩琦、参知政事副相欧阳修诸位大臣。

　　不同往常，天已大亮，金銮宝殿依然静悄悄的，不见皇上露面，等待上朝的大臣们满怀狐疑，只好一个个离去。

　　不能再这样下去了，宰相韩琦急不可耐拉着副相欧阳修去东门小殿觐见曹太后。他们一定要把事情弄个明白。

　　到了小殿，韩琦躬身对太后说道："皇上不朝一月有余，臣等焦急万分；太后与皇上究竟有什么龃龉，为臣极想知道。"

　　曙光透过重重帷帘，殿堂已一片光明，廊柱上笼中的黄鹂啼鸣欢唱不休，可始终不见太后的答复，只从帘内传出呜咽悲泣的声音。两人抬头看去，隐隐约约见太后用一方白绢在不断拭泪，似极哀痛。

　　过了一刻，太后终于断断续续说话了。

"……不知何故，近两月来，皇上一反常态……乖戾暴躁，说话行事，违情悖理……动辄就打人，骂人……我去看他，也没好脸色待我……好像我做了什么对不起他的事……"

欧阳修说道：

"也许是皇上龙体欠安，才致失去常态；一旦病愈，就不会这样了吧，请太后宽心。"

太后摇了摇头，欲言又止。

韩琦一向忠心事主，且位高权重，说话直率："究竟为了何事？母子间就不能开心见肠地说个明白吗？"

太后望了他一眼，委屈地说：

"我能说什么呢？一开口，皇上就发脾气……他这样对待自己的母亲，我心里好受吗？"

说着又抽泣起来。

"咳！"韩琦急了，"太后身为皇上的母亲，儿子有病，难道就不能容忍他一时的失态吗？"言语间颇有责备的意思。

太后低着头，不再说话，仍自泪流不止。

欧阳修见此情景，扯扯韩琦的衣袖，两人退了出来。

次日，宰相韩琦独自去见皇上。

内廷大门紧闭，帷幕遮掩极严；外面春光明媚，廷内晦暗惨淡。皇上面容憔悴，印堂发黑，斜倚龙榻之上，烦躁不安。

"皇上龙体可好？"韩琦跪拜问候。

皇上不答，只顾自言自语：

"……太后如此待朕，实实未免寡恩，寡恩……寡恩……"

韩琦安慰道：

"依臣看来，太后贤德仁慈，今与皇上小有龃龉，想必别有原因……"

"别有原因?"皇帝激动起来,大声道:"原因就是朕并非她的亲生儿子!还有什么别的原因?"

"这……臣知道。"韩琦感慨地说,"不过,老臣也还知道,皇上入宫,立储,继皇帝位,亦为太后率先推举——太后对皇上一向是恩宠有加啊!"

皇上一听,更加恼怒,他忽地站起身来,咆哮道:

"正因为这样,她可以扶朕登基,也可以让朕下位,是不是?嗯?"

韩琦一惊,莫非皇上发了狂疾?

"皇上言重了。不过……老臣倒想知道,这话从何说起?"

"哼!这你就不必过问了。下去吧!"

韩琦唯唯告退。之后和欧阳修谈起皇上的情状,一致认为问题比他们想象的还要严重。

但太后与皇上的关系不应当如此啊!

……当初,仁宗皇帝宠幸尚、杨二妃,后又选入八个美人,夜夜沉溺于美色之中,累得形神疲惫,以致数日茶饭不思,体质羸弱,恹恹沉疴,长卧龙榻不起。可他无论怎样勤于房事,就是秀而不实,弄玉无期。但自古皇帝立储是至关皇室和天下稳定的大事,朝野上下谁不着急呢?幸而曹皇后多次劝诫,征得仁宗首肯,把皇兄永让年仅四岁的十三子宗实纳入宫中,由她亲自教养;后又由她首议立为太子,赐名曰"曙";及至仁宗驾崩之时,又因曹后和韩琦、欧阳修诸大臣之鼎力扶持,而让宗实——"曙"入承了大统——这就是当今的英宗皇帝的来历。

韩琦激动地说:

"事实十分明白，没有曹太后就没有英宗。曹太后对英宗的慈爱，可以说是胜过一般母亲对亲生儿子的慈爱。而且曹太后宽仁大义，从来内不邀宠，外不争权，冷静果决，处事十分得体，连仁宗皇帝在世时，对她都异常敬重。她怎么会一反常态，对英宗突然就刻薄'寡恩'了呢？"

欧阳修说："阁老，昨天你不该对太后那么说话。"

"唉，"韩琦说，"我一时性急。我是希望太后还要宽谅些才成啊！"

欧阳修说："我看皇上近月来确实有些变态。他从来就是一个颇有孝心的人，他怎么可能对太后垂帘训政心怀不满呢？"

幼年的英宗在曹后爱抚下一天天长大成人。正当他为生父汝南王守丧时，仁宗皇帝下诏，要他回宫立为储君，可英宗一再哀恳要为父亲守孝三年后才回宫做太子。仁宗不悦，但还是接受了曹后和韩琦的意见，认定英宗能勉尽孝道，实属贤德，就成全了他的意愿。待英宗守孝期满，在韩琦等人的催促下，仁宗皇帝再次下诏要英宗还宫嗣太子位。可英宗仍不肯受命。

仁宗大为恼怒，英宗才回到宫廷。在临行前他还对家人说过："我不想做什么皇帝，如果哪一天皇上有了亲生儿子，我还会回来的。好好看住家吧！"仁宗晏驾后，他仍坚持不受至尊的帝位，众大臣束手无策，曹太后急了，严厉地训斥："先皇遗诏，令皇子嗣位，你，你，皇子不得有违！"英宗仍然不从，且欲急奔出宫。韩琦恼怒，且追且说："承先继志，亦孝亦忠，先帝母后的话，你怎么可以不从？"并一把拉住，把他推上皇帝的宝座，群臣立即山呼"万岁"，英宗无可奈何，才勉强为君了。但他继位后，一如既往仍十分尊重孝敬曹太后，一再恳请太后"垂帘"，具体处理政务，而他自己则更多注重读书学习……

由此看来，英宗孝德兼备，且明智谦诚，并非一个自尊自是、贪位擅权的人，何以突然担心他的皇权被侵呢？

欧阳修探问："阁老可知个中究竟吗？"

韩琦断然说道："究其太后与皇上历史渊源，如无人从中作祟，绝不可能造成母子间互相猜忌。这是我的感觉。但如此奸佞究竟为谁，皇上叫我'不必过问'……"

"是了，"欧阳修道："我看太后的神情，也似受人挑拨；只是她一向沉稳，不愿向我们吐露罢了。"

"对，事关重大，不得不察；若祸起萧墙，社稷不安，如何了得！"

欧阳修道："阁老可曾想过，能在两宫进谗言的人，必定是太后、皇上身边最宠信的人，谁又可能轻易向我们透露实情？如果越权公开逮捕审讯疑犯，震动太大，还会引起太后和皇上对我们的猜疑，这叫'投鼠忌器'呀！"

"欧阳公所言极是。"

"所以依愚之见，不如再行劝谏后，使两宫矛盾缓解，而后伺机行事。阁老以为如何？"

"行！"

自韩琦、欧阳修劝谏后，曹太后痛苦虽未稍减，但觉二卿所言不无道理。皇上正在病中，言行狂悖或许是一时变态。我身为母后是不该过分计较啊！但皇上自幼由我抚育成人，他怎么可以废除我而迎其生母入宫奉为太后呢？也太薄情寡恩了。

天渐渐黑了下来，小殿死气沉沉。太后的心更加烦乱，哀伤。她命宫女把宫灯全都点亮，仍不能驱除胸中的郁闷。于是她又亲自焚香，跪在佛祖面前，顿首低眉，默默祷告……

正在这时，韩琦、欧阳修入宫求见。

按常情，没有诏令，大臣是不能擅自进入内宫的。但韩琦自恃两代宰辅、元老重臣的身份和太后对他的信任，凭着他过人的胆识和魄力，他拉着欧阳修闯宫了——他们想，涉及帝、后的家事，在大殿上不便申说，而在寝宫以谈家常的方式，更能打动太后的亲情。

太后蓦见他们入觐，不觉一怔。

"启禀太后，边报传来，说西夏正欲兴兵！"韩琦开口便言边报，更令太后震惊。但当她稍事镇静下来，便故作淡漠道：

"去向皇上禀报吧，告知老身何益？"

说着把脸背了过去。

欧阳修道：

"太后一向贤明，应该知道，西夏之所以敢于兴兵欲犯我大宋边境，不就因为闻知太后与皇上不和吗？且太后深明大义，顾全大局，先帝在生之时，多大委屈都能涵谅，处处以社稷为重，如今怎可挟私人恩怨而置社稷安危于不顾呢？"太后确是一个贤明的女人。一听到将有边患发生，虽故作漠不关心，实则背过身去，全部注意都集中在了边防事上。听了欧阳公一席语重心长的话，她已拿定主意，主动与皇上和解，即便自己被黜，奉皇上生母为太后，亦无不可。

她徐徐转过身来，沉吟未语，正在考虑如何表达她的意思。而韩琦不知她的心理，又严肃慎重地逼上一句：

"当今圣上继位，乃先帝的遗命，若因太后之故致使皇上御体不安，边境生患，恕臣直言，太后您难辞其咎！"

韩琦这人真是位高胆大，始则谎报边患，以转移太后的注意中心，继则以因太后之故致使皇躬失调，招来边患，追究太后的责任相威逼。太后见到他那副威重的神情，听了他那咄咄逼人的言辞，不觉额头上渗出了冷汗。

是呀，身为国母，自己的责任重大——太后想——这老儿耿耿忠心，实实令人钦敬，但如此盛气凌人，侮慢老身，也太狂悖了。于是她也暗藏心机，内和而外厉，黛眉倒竖，凤眼圆睁，勃然变色，虎虎地盯住韩琦那张多毛的阔脸，似胸中有雷霆滚过，一时还未爆炸开来。

韩琦也不示弱，他将着项下的胡须，半眯着眼，迎着太后凌厉的目光，一点儿也不回避。

见两人正斗着眼力，欧阳公不温不热，绵里藏针，又递过一句话去，干脆再加一把火："臣等一介书生，有何能耐？要不是先帝遗诏，太后有令，辅政安邦，吾辈何须枉费精神？若太后仍不回心转意，与皇上和好如初，以此安定社稷，臣等自视无用，只好辞殿还乡躬耕了。"

"哈……"太后终于忍不住笑出声来，而且大笑不止。"坐吧，坐下吧！你这两个自称措大书生的官僚，说些鬼话，就能把哀家吓住么？哈……"

韩欧原来冒起胆子顶风张帆，见太后如此情状，心也就放宽了，绷紧的面皮也就松开了。他们搓着手，做出一副无可奈何的尴尬模样：

"为臣犯上，请太后治罪！"

"治什么罪哟！两位爱卿的耿耿忠心，哀家何尝不知道。坐吧！"

韩欧坐下。

"唉……"太后又长叹一声，却无后话。她将如何与皇上和解呢？一时无计，她以唉声叹气示意韩欧进一步说话。

欧阳修善解人意，机敏过人，于是趁热打铁，尽说太后一些好话：什么先帝专宠尚、杨二妃而不妒，受谤议而不怒，其宽怀大度适足以称贤啦；什么收养人子爱如已出，垂帘训政而又尊重皇

权，其英明善处适足以称智啦……说得太后心里热乎乎的。

韩琦见大有转机，便见好就收。拉着欧阳修刚刚退出寝宫门外，就在欧阳修的屁股上使劲地拍了一巴掌：

"老夫今日才知欧阳公名为大儒实为马屁精也！"

说着两人都开心地大笑起来。

两三天后，见两宫仍无动静。欧阳修对韩琦说："估计太后多半已回心转意，但'天下没有不是的父母'，这意思是说做儿女的应首先检讨自己的过错，所以还得说动皇上作出姿态才行。"两人密谋一阵，于是又依计而行。

还是选定一个黄昏，韩琦独自闯进皇帝的寝宫。不过此次，有一位善治"心理变态"的郎中紧紧尾随其后。

落日余晖，透过重重帷幕，皇帝暗淡的脸上，镀上了一层金黄，那散乱的目光，更见出他内心的焦躁和苦闷。单薄的身子半卧龙床，四肢瘫软无力，而又不时扭动。数日不见，看来他的精神更其不济了。看着皇帝这副模样，韩琦那颗刚毅坚强的心也不由生出一些怜悯和酸楚。

皇帝见韩琦进来，生气地道：

"你又来做什么？"

韩琦俯伏跪拜：

"老臣给皇上请安！"

皇帝仰视屋顶，辛酸而自嘲道：

"朕躬安与不安关卿何事？"

韩琦委婉陈辞：

"皇上乃朝臣之皇上，皇上乃天下人之皇上；皇上龙体不安，则朝廷不安，天下不安。皇上珍重龙体，自是珍重皇朝，顾念天下百姓……"

"唉……"皇帝长叹一声，"朕躬的病怕是难以治愈了。你起来吧！"

韩琦长跪不起，且故作怨责道：

"皇上洪福齐天，祺寿永年；又肩负社稷之重，江山之位。岂可自暴自弃？臣为皇上特别访得一位神医，乞望皇上恩准诊治。"

不待皇上表态，急招郎中进去。

郎中扣住皇帝的脉搏，闭目深审，指尖一松一紧，那模样莫测高深。皇帝懒心莫肠，任其摆弄。

郎中测脉毕，对紧靠身边的韩琦故作惊讶道：

"皇上的贵恙已见大好，老相公怎么说万岁爷病重呢？"

"这个……"韩琦亦故作语塞。

"当然，脉相还躁动不稳，这不过是……这不过是心神不宁的征兆嘛！请万岁爷听庸医一句忠告：万岁爷不要为江山社稷过分忧心了。乞望万岁爷爱惜龙体，心静自然宁，心神宁静，何患龙体不康健呢？"

皇帝觉得这个自称"庸医"的郎中，倒还真有"神医"的本事。韩琦没有骗朕！想着想着，竟慢慢坐了起来，只是脸上还带着一丝苦笑。

不意韩琦突然高声叫道：

"臣有急事向皇上奏报：元昊秣马厉兵，蠢蠢欲动，狼子野心，意将犯我边境……"

"什么？"皇帝一下跳下龙床，"你说什么？"

"边境告急，请皇上定夺！"

皇帝甩着双臂在廷内急走，不觉四肢爽利，把地板踏得咚咚

孝敬父母故事新编

106

有声。

韩琦心中窃笑。皇帝的脚步慢下来，停住，右手向外一指，大声道：

"何以不去禀报太后？"

韩琦低首道："已报太后。太后说此事非禀报皇上不可。"见皇上无言，他进一步说道："依老臣之见，此类军国大事，还是请皇上与太后合议为好。"

皇上又躁动起来，他盯着韩琦举着两手狂舞："你是要朕去见太后？嗯？你是存心为难朕躬不是？嗯？"

"太后因受皇上误解，终日啼泣，泪流不止，其孤独悲凉之情，老臣见了，亦潸然泪下。"

韩琦为自己的陈辞感动了，忙举袖拭泪。"皇上自幼及长，太后爱如己出；皇上立储嗣位，皆因太后首议；皇上好学攻读，太后辅政操劳……凡此种种莫不出自母亲一片赤诚的爱心。近月皇上龙体欠安，太后一再叮嘱老臣，一定要寻求天下名医为皇上诊治，太后还焚香礼佛为皇上的健康祝祷呢……"

皇帝听着听着，眼眶里竟也浮起一层泪水。他背对韩琦，轻声地问："太后……可好？"

"依臣看来，太后并无贵恙，只是心里甚苦……"

"唉……何自苦如是？如儿皇不合她的心意，尽可另立皇帝，朕并非贪位嗜权的人……"

"皇上说哪儿的话？老臣已历两代宰辅，没有谁比我更了解太后的为人了。在太后心目中，没有谁比皇上更令她亲近和放心了。"

"其实，朕早有离宫还乡过清净日子的愿望。"

"皇上英明，何可作如是想？"

"这是朕的心里话。"

"皇上千万别说这样的话，如太后听了，她会更伤心难过，朝廷大臣也不会答应的，而且会引起政局不安……"

"好吧，暂不说这些。那，元昊犯境的事，你和太后先考虑一下吧！"

"其实，元昊知道了皇上与太后已经和好如初，他还有狗胆轻举妄动吗？请皇上放心。老夫告辞。"当他走出门口，又回身道，"如果皇上自觉龙体已安，老臣建议皇上还是到迩英阁去散散心。"

"好吧，朕也有此心，朕不能中断学业，明天就去。"

韩琦一离开皇帝的寝宫，欧阳修便迎住了他。两人耳语一阵，尽都窃窃地笑了。

次日，天气很好。英宗皇帝疾步来到迩英阁。他，面容依然憔悴，印堂上那块黑晕却已经淡了，虽不能说神清气爽，可那双眼睛里已不时透出光彩。他毕竟正当青春年华啊！

他在院子里稍事停留，环顾了一下周围的花木，即便急步走进讲书堂。

欧阳修待皇上坐定，便捧起史书开始侍讲。"虞舜出身卑微，尧帝何以把帝位禅让给他呢？他孝亲友弟胜于常人，德名远播啊！虞舜的继母是一个心地狭窄、自私刁钻的女人，为了他亲生的儿子'象'独霸家产，千方百计迫害虞舜，多次要把他赶走。可虞舜委屈求全，对继母十分孝顺，而且终身如一。虞舜之所以称为大孝，就因为父母不慈，而他仍然极尽孝道，才得能流芳万世……"

皇帝低头沉思："朕已知过……爱卿不必讲了。"说着匆匆离开了迩英阁。

欧阳修和韩琦立即把消息传递给曹太后。

当太阳还留恋着大地、原野、河流的时候，英宗皇帝衣着便服已去到了太后的寝宫，而太后的晚宴也正好预备好了……晚上，宫廷里张灯结彩，人人喜气洋洋，像庆祝什么盛大的节日。

欧阳修高兴地说："这下可好了！"

韩琦冷笑道："隐患未除，何以就好了？"第二天，太后又去看望皇帝，母子谈到深夜。"皇上，你还需好好休息，为娘回宫去了。""送太后回宫，明早皇儿前去向太后请安！"忽然，有怪叫声从远处传来。接着脚步踢踏声、喊杀声、惊叫声愈来愈近，连屋瓦碎裂声都听见了。

"内侍谋变！"太后侧耳倾听后说。

英宗一跃上前，提剑直往外奔，但被太后一把拉住，太后镇静地说：

"现在黑夜仓皇，皇上切无轻出，只有传旨出去，亟诏内都知任忠引兵入卫，方保万全。"

这时值夜宦侍都已来到寝宫门口。

英宗急传令下去，齐集寝宫人等，一面列队训话，指挥环卫宫门，一面叫所有宫女速去提水，以防火攻，一面叫用剪刀剪去在场人等左边一绺鬓发，并说："你们务必尽力守住宫门，抵御叛贼，为保卫太后安全立功；如临敌慌乱，畏缩不前，定斩不饶。明日我当以你们被剪去的头发认人为准，论功行赏！"

喊杀声愈来愈近，一霎时，宫门外火光齐明，贼子接踵而至，狂呼乱叫，挥刀乱砍。英宗镇定自若，亲自督率宫人，随机应变，奋力抵挡。

贼子屡攻不入。

"放火！放火烧宫门——"一贼子大叫。

英宗急命，"以水扑火"。

贼子放火，宫人泼水，火随放随灭。

双方相持不下。贼后喊杀声忽起。一队黑衣蒙面人把贼众围得严严实实，不到一刻，除被杀的两人外，贼众全被拿获。

黑衣蒙面人列队于宫门外，一齐向太后、皇帝请安。

初时英宗疑惑惊诧。其一黑衣人除去蒙面，朗声报告：

"我等奉韩丞相之命，已在禁外埋伏两夜。韩丞相担心两宫出事，命我等务必要保住皇上和太后的安全。今叛乱已平，请皇上、太后安寝。"英宗松了一口气，问：

"贼首是谁？"

一贼子被推到英宗面前，英宗一看，啊，原来是副内都知杨怀敏！

"内都知任忠何在？"英宗高叫。

杨怀敏嗫嚅未答，远处火光又起，转眼一队武士已冲至宫门外不远。蒙面诸人立即列队反身阻挡。

趁乱时杨怀敏奋起大喊：

"任都知救我！"

喊声未落被一黑衣人砍倒。

黑衣队与武士队激战。双方实力相当。但黑衣队为韩丞相精选的武林高手，终究战败了武士队。

后经刑部审理，原来叛首就是任忠。

任忠何以发动叛乱呢？

内都知任忠，早有控制宫廷、操纵皇帝的阴谋。已故仁宗皇帝在世于立储君时，他常向仁宗进言选这个，不选那个，他的目的是立一个懦弱无用的储君，一旦仁宗晏驾，他好操纵新主。英宗立储继位，打破了他的幻梦，于是趁英宗发疾，动辄打骂宫人引起怨尤之机，与杨怀敏联盟，使人在两宫散布流言，挑起太后与皇帝不和，想借此把英宗赶下皇帝位。一旦情知韩丞相化解了两宫矛盾之后，想韩丞相决不会就此罢休，于是狗急跳墙，便发动了这场叛乱。

其实任忠背后还有大臣，偏枢密使即是其中一个。但太后宽厚，英宗英明，传旨不许牵连太广，除处斩任忠、杨怀敏和一骨干卫士，其余只分别逐出宫廷或调外地任职。对平叛者自然大加奖赏。侯后，英宗皇帝对太后更加孝敬。晨昏定省，侍奉胜于生母。

但韩琦与欧阳修心里仍不踏实。经计议后，一天入朝奏事，待皇帝裁决之后，随即请太后复审，同时说道：

"皇上明断，十件事裁决均合机宜。"

太后一一复审后十分高兴，说：

"好，皇上件件都明断妥帖。"

韩琦立即叩首拜称：

"皇上亲断万机，英明果决，又兼太后训政，此后宫廷规划，应无不善。而臣年老力衰，恐已不胜任宰相之职，愿就此乞休……"

太后一愣，心里全明白了。于是说：

"既然皇上已能独力执政，哀家就此撤帘还政吧，其实老身早就有退居深宫的愿望呢。但朝廷大事，全仗相公，相公如何能去？哀家决不答应相公所请。哀家拆帘退隐之后，望相公更要忠心为皇上辅政。我赵宋皇室不会忘记你的功劳。"

韩琦恳辞再三，太后坚决不许。

韩琦流涕道：

"前代母后，贤如邓、马尚不免顾念权势；今太后盛德谦冲，宽仁大义，邓、马诸贤后何能相比？老臣幸遇慈明，皇上幸甚，社稷幸甚，令韩琦感激涕零。但不知太后……拟于何日撤帘？"太后爽快地答道：

"要撤帘即可撤帘，何必另择日子呢？"

说罢，立即站起身来。

韩琦当即高声宣示：

"太后已有懿旨'撤帘'，銮仪司何不遵行？"

銮仪司立刻把帘除下。

太后匆匆向后走去，因除帘太快，以至朝臣门还都看到了御屏后她离去的身影。

韩琦此老煞是厉害，有人批评他手段太辣。而韩琦此举，彻底消除了母子不和的隐患，安定了两宫，安定了朝廷，安定了天下，安定了边境；也成全了母后的慈范和皇帝的孝道，使曹太后和宋英宗成为历史上母慈子孝的典范。

韩相欧公原本就是有名的孝子，他们十分孝敬自己的父母，又殚精竭虑推孝道于皇帝，实实令人感慨敬仰。

十三 金殿一只虎

"春风又绿江南岸，明月何时照我还？"

随着轰轰烈烈的变法运动失败，王安石被迫南下，正是"草长莺飞，杂花生树"的春天，他还梦想着有一天重掌朝政，继续推行新法呢！可是不行了，他的政敌司马光已经入朝当上宰相了。司马光在政治上偏于保守，不足为训。但他学识渊博，由他主编的《资治通鉴》是一部了不起的历史巨著；而且就其为人而言，质朴，严谨，正派，颇有长者之风。

公道地说，王安石变法没错，可他的干部路线问题不少，再好的"法"也要人去执行呀，法正而人不正，是否是变法失败的重要原因之一呢？司马光在这方面就比他谨慎得多。

这天，宰相府桃红柳绿，迎春花金灿灿的，在和煦的阳光下，分外娇艳。"天空的阴霾已扫除净尽，烂漫的春天来了"。司马光摸着五绺长须，在清静的院子里踱着稳健的方步，时而抚弄一下金线般柔嫩的垂柳，时而向外驻足张望——他在等待一位客人。

一阵急促的脚步声由远而近，客人来到了庭院。

来客肩宽背直，腿长手阔，宽大的袍服，遮不住他那如铁塔一般结实伟岸的身躯。脸方面黑，额头光亮，一双凤眼在高眉楞下灼灼逼人；鼻头如锤，唇齿严闭，一股坚毅果敢、凛然正气，令好人肃然起敬，使坏人望而生畏。

"拜见恩师。"大汉躬身，竟颇为彬彬有礼。

"免了，免了！"司马光一见来客，便喜形于色，不住招呼，"坐，坐！"

大汉侧身落座，面对司马光，毕恭毕敬。

"器之，老夫来京多时，缘何不来见我?"询问的语气意味深长。

"……学生失礼了，"大汉憨憨地一笑，"请恩师见谅。"

"哈哈，我就知道你的脾气。"司马光宽谅地一摆手，"在我被挤出朝廷、失势闲居的时候你常来看望我，问候起居，十分殷勤；现在我做了宰相，整日门庭若市，一些求官心切的人把我的门槛都踏烂了，可就你从不露面，这是……为了什么?"

……

"哈……"司马光开怀大笑，"老夫就看重你这种人格啊！我偏不用那些般胁肩谄笑、吹牛拍马的小人，今天请你来敝处，一则是聊叙别后情景，一则嘛……就是要借你这'铁塔'的威风，压压朝廷的邪气——可愿赏脸?"

说着，两人都大笑起来。

这大汉，姓刘，名安世，字器之，北京大名府人。曾从司马光读书学习，故敬称其为"恩师"。他并非完全赞同恩师的政见，但崇拜恩师的道德学问。此来，司马光推荐他做谏官，他非但未受宠若惊，反而有些踌躇，他是有名的孝子，他想以母亲年老为由辞谢不受。

司马光颇为丧气。送出相府时，他紧握刘安世的手说：

"我知道你忒重孝道，但为什么不可以忠孝两全呢? 望器之三思。代问令堂好！"

刘安世心情也十分矛盾。他向母亲请安后，说：

"朝廷不认为儿子是无能之辈，欲任命我做谏官。可是，做谏官，就得光明磊落，仗义执言，揭发贪赃枉法之徒，敢于得罪权贵，乃至皇上；就得以社稷为重，忠君勤政，不计一己荣辱安危，敢于冒充军杀头之险，以身许国。可幸当今皇上，以孝治天下，而母亲年老多病，儿当多在母亲身边朝夕侍奉于左右，故而，儿正好以孝敬老母为由，对皇上的委命婉谢不受。请母亲深谅儿的一片孝心。"说着跪了下去。

刘母听罢，沉吟半晌，不觉长叹一声：

"娘明白你的心意。可是……"

她突然站起来说：

"堂堂七尺男儿，竟敢说出如是昏话。嗯？孝敬父母，乃人之天性；而报效国家，更是理所当然。如今朝廷正是用人之际，为什么畏葸不前？你是怕丢监杀头吗？"

"孩儿不敢，孩儿是怕给母亲带来灾祸……"

"胡说！"刘母一声断喝，"做谏官，就要敢于犯颜直谏，纠正皇上的过失。如果哪一天因此而得罪了权贵，得罪了皇上，坐监，娘为你探监送饭；杀头，娘与你同赴刑场，不就是一条老命吗？"

刘安世俯伏在地，不敢再作分辩。

刘母见状，语气逐渐和缓下来：

"你父亲在虞城做县令时，清剿盗贼，惩治豪强，威风凛凛，保一方平安，深得人心。他很想入朝做谏官，一展宏途，可是未能如愿，便抱憾而去。儿今入朝，正好实现你父亲的遗愿。如果你孝心至诚，就该立即前去受命，还犹豫什么？起来吧！"

刘安世向母亲拜了三拜，挺身向宰相府走去……

刘安世那铁塔般的身躯立于朝廷，敢说敢做，不屈不挠，人称"金殿上的一只猛虎"。他在官署办公，身子坐得端端正正，时间再长，绝不歪斜；他撰写的公文，从不潦草，如他的人格一般透出一股凛然正气。所以，一时之间，朝野上下，奸佞宵小，再不敢兴风作浪，就是皇帝，一言一行也分外小心，生怕被这位无私无畏的谏官抓住过失。

但总有人敢冒天下之大不韪。

皇帝有个亲侄儿是豫王府的花花太岁。平日为非作歹惯了，闲得无聊，常带着一伙无赖，闯进街市，用弹弓袭击过往行人，不知伤害过多少无辜。朝野上下谁不知晓？但竟无一人敢于干预。

春天来了，王府里百花盛开，香气袭人，蜂狂蝶浪。花花太岁胸窝子里更是莫名的躁动。王府的女人都玩腻了，他癫癫狂狂，急不可耐，带着一帮鹰犬，要去繁华的汴梁城里，寻花问柳。

运气不错，还未进城，就见一少女领着丫环，在柳荫花丛扑蝶。那花儿一般美艳的容貌，柳枝一般柔细的腰身，小鸟一般清脆的笑声，在花间柳下时起时落，流动飘逸。

花花太岁一见，心中骚痒，像吃了过量的春药，头脑发涨，浑身燥热。他醉态十足，歪歪扭扭，扑了过去，二话不说，张开两臂，就去搂那少女。少女奔跑躲避，他紧追不舍；少女情急撕咬，哪敌他邪恶的淫威？终于被他的鹰犬，像扑捉一只彩蝶一样，虏进了王府。

丫环逃回家里，报告了主人。主人是汴梁城的小商人。商人万般无奈，只有向开封府投诉。这时的开封府可不是黑子老包了，哪敢得罪豫王府的花花太岁？朝廷的大臣们，大都装聋作哑，不敢闻问，怕引火烧身。此事传到谏官刘安世耳里，他不禁勃然大怒，气得凤眼圆睁，髭须戟指，一待早朝，即向皇帝参了一本。

皇帝面带难色，说道：

"待朕查一查，若真有其事，放那女子回家便了。"

可事过数日还不见动静。刘安世在早朝时又向皇帝提出质问，

并说：

"若无此事，则有利于维护王府的声誉；若确有此事，则当严惩，以维护王法的尊严。故而臣以为还是查实为好。"

皇帝道：

"朕已查明，器之所言，事出有因。几天前汴梁城边，确有一女子被歹人所房。其一歹人已为开封府抓获，经审讯，认罪不讳，已斩首示众。"

"已斩首示众？"刘安世心中一惊。

"是的，已斩首示众。匪首裹胁那女子已逃出汴梁，开封府正在追捕之中。我那不肖的侄子，平日行为狂浪，有失检点，朕已命皇兄严加切责，不过与此事无涉。卿不必过虑了。"

刘安世听了，更觉不安：

"匪首既未抓获，何必仓促杀其爪牙，万一……"

"爱卿不要再说了。此事自归开封府办理，你，你身为朝廷谏官，又何必多事？"

皇帝很不耐烦，一句话封住了刘安世的嘴。

是的，朝廷谏官无权过问地方治安，更无权进入王府查看，否则就是越权，犯罪。但刘安世并未就此罢休。他曾访问过那少女的丫环，丫环说："花花太岁一伙人横行街市已非一日，许多市民都认识他，她也认识，没错，而且亲眼见他坐的轿子上有豫王府的字样。"于是，刘安世又暗使一侠客，趁夜潜入豫王府侦察。侠客回报，那女子还在豫王府，哭哭啼啼，就其状貌，与丫环所述无异。

次日早朝，刘安世又向皇帝提出质疑。皇帝龙颜大怒：

"刘安世，如果那女子不在豫王府，你该当何罪？"

"臣愿以人头谢皇上！"

刘安世声如洪钟，凤眼灼灼，毫不畏惧。

朝臣们噤若寒蝉，司马光也为刘安世捏一把汗。

"……好吧，朕自会令开封府再去查讯。"皇帝无可奈何地说。

"皇上英明！"刘安世俯伏在地，"请皇上下诏，派大理寺立即带人前往豫王府搜查，事不宜迟……"

"你……"皇帝气得说不出话来。但面对群臣，遇到这个"金刚"、"猛虎"、"冒失鬼"，有什么办法？只好下诏。

由于花花太岁有恃无恐，猝不及防，大理寺巡捕突入豫王府，一下就查明了真相，并把那女子和花花太岁一并带入大理寺，听候皇帝发落。

皇帝气得直咬牙——他恨皇兄教子不严，他恨侄儿为非作歹，他恨开封府欺君枉法，他恨……恨刘安世多管闲事，咬死牛筋，使他下不了台。一狠心罢了开封府的官（谁叫他畏强欺弱拿死囚犯做了替罪羊），把花花太岁赶出京城汴梁，放逐到荒远的云南。那受害的女子自然赐金令其归家，可对刘安世呢？不但无法惩治他，反而要予以嘉奖，以示皇帝老儿心胸宽大，公正无私。但两年之后，寻个借口，终于把他打发出了朝廷。

刘安世直谏慰母，在朝廷内外影响极大。人们把他奉若神明。连苏东坡都说："他是个铁打汉子啊，没有人能比得上他。"

刘安世卸官回乡，一心侍奉老母。为此，他谢绝一切交游，闭门隐居。然而路过南京的士农工商、社会名流，谁都想去拜见下"刘待制"，否则的话，就和路过泗州未去听演唱"大圣戏"一样，觉得遗憾。可见他的声望之高。

十四　直钩怎钓鱼

　　都说陕西米脂的婆姨长得最是标致。太任就是这样一位可爱的少妇。她身材颀长丰腴，面庞如中秋朗月，皮肤白嫩光润得恰似凝脂一般。但她一点儿也不妖艳。

　　她耳不听轻佻的声音，眼不看淫邪的神色，口不言肮脏的话语，唇不沾腥臊燥辣的食物，心不动不合礼法的念头……坐有坐相，站有站相，走有走相，处处表现出端庄、娴静、高雅的懿范。

　　这位高贵娴雅的少妇何以如此？她当然企盼丈夫的疼爱喽，不过更重要的是她感觉自己身怀有孕了。她要处处为未来的孩子做个好榜样呀！

　　太任是世界上第一位懂得"胎教"的伟大母亲。

　　她生下孩子的时候，传说有一只美丽的鸟儿口衔丹书，浑身缭绕着紫色的云气，飞到孩子的身边——这孩子成人后就是历史上大名鼎鼎的姬昌周文王。

　　中国古代知识分子最崇拜谁呢？唐尧、虞舜、商汤、周文王、周武王、周公旦、孔夫子，这几位大贤大圣，其中周王室姬氏就占了三位。周文王的祖先是著名的农业专家后稷，父亲叫季历，治国有方，在陕西岐山逐渐崛起。文王继位后，发展迅猛，可谓"一日

千里"，遂成西北各诸侯国之首脑，所以周文王人称"西伯"。"伯"，
就是"霸"，老大的意思。

周文王的成就大得很喽，首先号召各诸侯国起来反对全国
最高统治者暴虐无道的殷纣王、遗命儿子周武王最后推翻殷纣
王朝的就是他；研究阴阳八卦、人世祸福，写成《易经》的也是
他——这《易经》不仅在中国几千年的思想界产生了深远的影
响，而且传到欧美，欧美的政治家、军事家、经济学家、科学家、
乃至总统，都十分重视对它的研究，并用其原则和方法来指导自己
的思想和进行政治、经济、军事、科学活动，取得了意想不到的成
功。足见《周易》的学术价值之高。

周文王为什么会成为大贤大圣，创造出如此伟大的事业呢？

这首先归功于母亲太任的"胎教"和父母后天的教育。所以
他自幼及长对父母都十分孝敬。每天早、中、晚，周文王都要向父
母请安。鸡叫头遍他就起床，穿得整整齐齐，走到父母的卧室门
外，问侍从："我父母好吗？"侍从回答说"很好"，他就非常高兴。
中午和晚上又去请安，如果侍从说他的父亲或母亲"欠安"，他就
要详细了解实情，整天忧心忡忡，走路都晃晃悠悠，歪歪斜斜，趔
趄不稳，像小脑出了毛病，及至请医生治好父亲或母亲的病后，他
的心情和步态才恢复正常。在父母吃饭的时候，他要先检查饭菜的
咸淡冷热，有无异味，是否合父母的胃口，然后才把饭菜送到父母
面前；等父母吃完饭，他还要问父母喜欢吃哪些菜，饭量增加了还
是减少了，然后和厨师研究改进。

关心父母的饮食、起居和疾苦，是做儿女的本分。周文王在
这方面，千百年来为中华民族的子孙后代树立了好榜样。孔夫子崇
拜"周礼"，第一个崇拜的就是周文王。

一个人善待他人，首先从善待亲人做起；宽厚仁爱之心，从孝敬父母、爱护兄弟姐妹开始。周文王孝敬父母，也善待他人。

有一天，周文王出外巡视民情。

时值隆冬，终南山皑皑积雪洁白耀眼，黄土高原旷莽而苍茫，寒风呼啸着卷起枯叶蓑草由北而南地翻滚，渭水河瑟缩着像要冻僵了一样。

　　大臣们都把脖子缩进了老羊皮大氅里，而周文王，脸红扑扑的，任冷风拍打着他的帽耳，仍兴致勃勃地走在前面。谁家缺衣少食，能否度过寒冬，他都要亲自去调研调研，务必解决好百姓的温饱问题。

　　四野阒寂无人。奇怪，江边怎么有人还在垂钓？那人高踞于岩石之上，一心一意钓着鱼，无论寒风怎么狂怒威吓，怎么掀起他那头苍苍白发和胸前的冉冉长须，他似全无知觉，只把一条又一条的鱼儿钓了上来。太阳才从东原塬上天空不远，想必他垂钓的时间还不长吧，可笆篓里的鱼儿都快装满了。再看他的钓没钓钩，竟是寸长的一根又细又直的铜丝。周文王更是惊讶。真是一位异人呀！

　　与其说这老头是位"异人"，不如说是一个正在倒霉的老汉。他种庄稼，好好的黍子一夜之间，被从天飞来成千上万的蝗虫吃得干干净净；他卖面粉，忽地刮来一股大风，把面粉撒得漫天皆白；他的屋顶漏了，正逢连夜落雨，雨水灌下来，把他的床被淋得透湿；他撑船运货，劲风总是从船头吹过来，让他的船直往后退⋯⋯唉，流年不利流年不利呀！唯有鱼儿最乖，乖得自愿含着他直直的铜丝跳进他的笆篓里，总算能聊以维持生计。

　　"请问老先生尊姓大名？"周文王谦恭地问。

　　"尊姓大名不敢，"怪老头稳坐不动，头也不回，喜滋滋拉上一条鱼来，慢悠悠地放进笆篓，才道，"老夫姓姜名子牙，叫姜子牙或姜老爷子均可。"

　　"你⋯⋯"一大臣见怪老头如此傲慢，正要发威，被周文王挡在身后。

　　"啊，天寒地冻，老先生何以还在江边垂钓⋯⋯"

　　"怪了，我不'垂钓'，要我'上吊'不成？"怪老头扭过头来，莫名其妙顶撞文王。

大臣们尽都按捺不住胸中的怒气，有的大声呵斥起来：

"小小贱民，竟敢对大王如此无礼，不怕……"

"退下！尽都退下！"周文王喝住众大臣，回身抱拳向怪老头深深一揖。

"大王？"怪老头翻着白眼，"你可是姬昌？"

"老先生见谅，姬昌有礼了！"说着又深深一拜。

"你姬昌当然有'理'，可我姜老爷子无'理'。"怪老头提起他的铜线直钓在文王面前晃了一晃，"你看，我这钓连钩子都没有，何理之有？哈……"一阵狂笑，分明是在嘲弄周文王。

周文王一点也不生气，他抚摸着铜线直钓，郑重其事地问：

"姬昌正要请问先生，这钓没有钩，怎么就把鱼儿钓上来了？"

"愿者鱼儿上钩来嘛，哈……老夫不是把你这个大王也钓着了么？"

"啊？对，对，啊，啊，哈……"周文王也爽朗地大笑起来。笑着笑着，心中一动：老先生怕是话中有话，别有深意吧……

他解下羔羊皮大氅，披在怪老头的身上，并恳请他去"寒舍"一叙。可怪老头十分倨傲，说还要钓一条大鱼笆篓才满。周文王垂手恭候一旁，直到怪老头钓起一条大鲤鱼，把笆篓塞得满满的，才扶他上了自己的车，回到他的"寒舍"——王府。

周文王亲自为怪老头斟酒奉菜。怪老头喝得脸烧耳热，于是上下古今、海阔天空大吹特吹起来：从尧禅舜，舜禅禹，说到夏桀覆灭；从汤武中兴，说到殷纣残暴；从诸侯割据，说到西伯称雄，历代兴衰嬗变，现时纵横捭阖，说得头头是道……令周文王豁然振奋，不时拍案叫绝。直至夜阑更尽，两人的谈兴不减。

真是大智大贤啊！周文王叹赏不已。一再恳请子牙先生留居王府，共图王霸大业。可怪老头天刚亮则不辞而去。后经文王再三拜访，并亲自挽车，又才把子牙先生请进了王府。

正是周文王（及其继承人周武王）这种诚恳待人、礼贤下士的精神，依靠姜子牙做盟军的军师和统帅，才推翻了殷纣王朝，夺取天下，建立起了数百年统治的姬姓王朝。

周文王孝敬父母、善待他人的高尚情操，成了姬姓家族的传家宝，由此又造就了他的儿子周武王、周公旦两位大贤大圣。

周武王去世后，太子成王继位。成王年幼，就请周公旦辅政。周公旦恪尽职守，日理万机，早夕忙于国事。但是只要有人要见他，他没有不接见的。以至于进一次餐，要多次把口里的饭菜吐出来；洗一次头，要多次把湿漉漉的头发挽起来——也就是说求见的人多了，进一次餐要多次放下碗筷，洗一次头要多次从浴室里跑出来，对来客一点不敢怠慢，宁肯中断吃饭洗沐，也要去接见他们。这就是有名的"一饭三吐哺，一沐三握发"的典故。"周公吐哺，天下归心。"正是由于周公这种礼贤下士、竭诚待人的感人至深的精神，得到了天下人的拥护，巩固了周王朝八百年的江山。

十五　孝泉水长流

　　还在儿时就听过老人们讲东汉年间"安安送米"的故事，没曾想数十年后竟来到了安安的故乡——四川德阳的孝泉镇。

　　孝泉，孝泉，孝泉镇之由来与姜氏"一门三孝"的掌故是那么息息相关，孝泉镇的每一处景观无不大书着一个"孝"字。

　　镇之东北是姜公坟。姜公坟占地五亩，墙垣围护，三坟崔巍。前有茵茵草坪，莹莹荷池；后有橙橙红橘，灿灿金桂。三月清明，七月中元，年年岁岁，前来凭吊的香客从未间断。

　　姜公坟之西北是姜公祠。姜公祠又称姜公庙、孝感祠，是历代为纪念孝子姜诗、妻庞氏、子安安及其父母、邻姑之处所。正殿内是姜庞夫妇的塑像，左右厢是儿子安安、邻姑之殿，后边为姜诗父母之先代殿。祠内殿宇错落，飞檐斗拱，古柏森森，碑碣林立，气象庄严，还有十三层"龙护舍利塔"耸屹其间，熙朝设立之"孝感书院"隐蕴其内，这就更增添了它的神圣氛围。

　　姜公祠如今更名为"三孝园"，20世纪90年代又进一步扩建为规模宏大的"德孝城"，它把姜氏一家的所有遗迹包容在内，即将成为弘扬中华民族传统美德的一大胜地。

　　走进德孝城，那"安安送米"的彩色组雕，那"涌泉跃鲤"

的幽幽古池，那苍然肃穆的"藏龙井亭"，那殷红浑朴的楹联题咏，似无不在向人们低诉着姜氏"一门三孝"的故事……

姜诗，自幼聪颖好学，更是远近闻名的孝子。因其孝，盗贼过境而不劫；因其孝，县令以女庞三春妻之；因其孝，朝廷任命为江阳县令。

姜诗为官，清廉自守，为百姓兴利除弊；与妻庞三春自奉甚薄，而事母至善，母久患眼疾，三春一日数次为其敷洗，深得老人疼爱。一夕，老人梦见神仙对她说道：家乡的江水清心明目，常饮常洗，能治愈眼疾。为此，姜诗毅然辞去官职。因他"一肩明月，两袖清风"，无钱雇人雇轿，夫妇俩遂扶着背着母亲，跋涉千里，历时盈月，才回到故里。

回到故里，姜诗开馆讲学，三春则承担起全部家务，并一心一意侍奉婆母，为婆母疗疾。

出身于官宦之家的庞三春，美丽，贤淑，晨兴夜寐，终日劳碌。每天还要去六七里外担水买鱼，为婆母敷洗眼睛，煎汤营养，常常累得精疲力尽。

一天，婆母突然叫人做成一副尖底水桶，对三春说道："以后你就用这挑水桶去江边汲水，路上不要换肩……"

三春懵了！过去她从未做过重活，回到丈夫老家，学着拾柴，担水，原本就很艰难；现在用尖底桶担水跑六七里路，不能歇脚，不许换肩，能受得住吗？当她右肩压得红肿，脚痛得颤抖，把水担回家的时候，婆母又指着她身后的那只桶说：

"把它倒了。"

三春更加迷惑，又不好问明原因，只用眼睛温顺地探询着婆母。

"愣着干什么？倒到地沟里去，女人屁股后头的水，能吃能喝能洗眼睛吗？哼！"

三春的脸唰地一下红了。她没有吱声，还是按婆母的意思做了。委屈的泪水流向心里，但不能拂老人的意，惹老人生气呀，一切顺着吧！

天，挨黑了，三春点上油灯，做好饭，伺候婆母、丈夫吃了，便又担着尖底桶出门。丈夫不知为何，追到院坝外，她连忙捂住他的嘴，叫他什么也别问，什么也别说，然后晃着水桶，急急地走了。缸里的水不够用，还要给婆母洗澡、洗眼睛、煮猪潲，能不再去跑一趟吗？

月亮升起来，照着弯弯的小道，照着密密的丛林，照着浩森的江水，照着她娇小的身影，往返十三四里路，汗湿透了衣衫，总算把水担回了家。当然，屁股后的那桶水还是只有白白地倒到地沟里去……

从此，日复一日，年复一年，由于三春的精心护理，婆母的眼疾一天天好起来，而三春自己则越来越瘦弱。

一天下午，三春从江边担水快到家了，见院门口一个军爷，一只手裹着绷带，似受了伤；另一只手牵着一匹红鬃烈马。那马毛如火焰，十分精壮，却浑身淌汗，张着嘴，呼哧呼哧地直喘粗气。

"大嫂，我的马跑了上百里路，又累又渴……"军爷抚着马的红鬃，又指指她的水桶，"能给一桶水饮饮马吗？"

三春站住脚，挑着担，抚了抚汗湿的鬓发，想了想，指着她身后那桶水说：

"让马儿就饮这桶水吧！"

可军爷却拍了拍马的脑袋问：

"神骏呀，你愿意饮大嫂身后的那桶水吗？"

马儿直摇头。

三春为难了。但怎么好拒绝帮助一位过路的客人呢？何况那马儿确实渴得厉害，一双眼睛直盯住她面前那桶水。

喝吧，喝吧……济人之困，还怕自己麻烦受累吗？

待军爷接过水桶饮了马后，倒掉另一桶水，她只有返身又往大江跑去……

奇怪，当她再一次把水担回来时，见那军爷那马仍在院门口站着。

"你的马还要喝水吗？"她疲困不堪，却依然微笑着问。

"啊，不。"军爷笑着说，"难为你了，你真是一个好人……"

三春吃力地笑笑，望着军爷用绷带托着的那只手臂，又关心地问：

"你的手不要紧吧，要不要去我家，我家有跌打损伤的药呢。"

"啊，不。"军爷顿了顿说，"……我知道你有个婆婆要你伺候，而且脾气不好，你受委屈了……"

"啊，你怎么可以这样说我的婆婆呢？"三春涨红着脸说，"她是一个慈祥的母亲……"

"哈……"军爷突然大笑起来。笑着笑着，蓦地变成一位童颜鹤发、长髯覆胸的老人。老人感慨地说，"你是一个难得的孝顺媳妇！实话告诉你吧，我是天上的太白星君，你的孝心感动了上天，好人应该有好报啊……"

说着，他从路旁折下一根柳枝，在空中晃了一晃，那柳枝变得青翠水绿，似沾着莹莹清露然后把它交给三春道：

"你把这根柳枝插在你的水缸里，水缸的水永远都会满满的，清清的，你婆母的眼疾会好得更快，你也不会一天跑五六十里路去江边担水受累了。"

三春疑惑着，但老人的好心让她感动。她很想向老人磕几个头，可尖底水桶无法着地，只好站着，垂着眼，勾着头，向老人致谢。然而当她抬起头来，眼前却没有人也没有马了。

三春回家，把身前一桶水倒进已然见底的水缸，把太白星君的柳枝插了进去，缸里的水发出潺潺的流淌之声，一会儿就满了。清清的水里还悠然地游动着两条鲤鱼。

三春在水缸面前久久地站立着，激动地望着窗外；老天保佑，这真是奇迹啊！然而，没有想到，婆母在背后正用一双眼睛狠狠地盯着她，更没想到，当她把水舀进炊壶烧热，用面盆盛着，给婆母端去洗脸洗眼睛的时候，却被婆母一把抢过去一下泼到了院坝。

"妈，您这是……"三春惊呆了，老人家为什么突然生气？啊，是自己往返担水耽误了时间回家晚了。她温和地对婆母说，"妈，您饿了吧，我这就给你做饭去……"

"谁要吃你的饭，嗯？"老人铁青着脸，"不吃你做的饭就饿死我了吗？"

"妈，媳妇回来晚了，让您老人家挂心。"说着跪了下去，"媳妇这就向您老人家赔不是，实在是那军爷……"

"还提你那军爷……"婆母一听军爷，更气得跳了起来，"你和那军爷做的好事，你以为我眼睛有病，看不见？嗯？"

这真是晴天霹雳，三春腿一软瘫到了地上，脑子昏昏沉沉一片空白，嘴唇麻木，想对老人解释，却怎么也说不出话。

"老天爷，我这是做的什么孽呵！"三春在昏沉中听婆母拍着腿边哭边骂，"儿子呵，你成天在外教书，也不管管你这不要脸的女人啊……"

三春从地上爬起来，跪到婆母面前，委屈的泪水涌流不止。

误解太深，一时难以解释，她只有一再哀恳婆母不要气坏了身子。

"你败坏家风，羞辱丈夫，气死我了，气死我了……"婆母指着她鼻子吼道，"你，你滚吧，滚回娘家去，你永远不要再进我姜家的门……"

三春绝望了，但她仍然希望让她见见丈夫和儿子再走，可婆母一刻也不容她：

"你还有脸见你的男人，见你的儿子？走，你即刻就走！"

三春又说："妈，让媳妇再给您熬碗鱼汤，再给您洗洗眼睛吧！"

婆母见三春向水缸走去，更加怒不可遏。"谁要用你那脏水？"她一边怒骂，一边把三春推出门外，然后回身跑到水缸前，发疯似的把插在水里的柳枝抓起来一折五段，向外掷去；又搬起旁边的磨刀石猛力砸向水缸。

随着水缸的破裂，只听咔嚓一声，天上雷鸣电闪，乌云翻滚，大雨倾盆而下；同时从窗外闪出五条金龙，直窜天空，在翻滚的乌云、滂沱的暴雨中，时隐时现，飞腾狂舞。

三春在院门外，耳听雷霆在天上震怒，眼见风雨扑打着屋舍，又恐惧，又担心。蓦然，那五条金龙直扑她家屋后，屋后立即腾起冲天的水柱，她扑通一声跪到地上，仰天祈祷：

"老天爷呵，都是我的罪过，你惩罚我吧，不要伤着我的婆母……不要为难我的姜郎，我的安安……"

三春在泥泞中踽踽独行，摇摇晃晃，一步三回头，见不到婆母、丈夫和儿子，到何处去？父亲早已调往千里河朔，她能到哪里去？迷蒙中一条大江横在了她的面前。暴风雨早已停息，而浩淼的大江仍翻腾着滚滚浊浪。

她一步步向大江走去……

她三次扑向大江，三次被江水推回岸上。天明被到江边汲水的邻姑救了。邻姑抱着她说："你不能死，你死了姜先生怎么办？你的儿子安安怎么办？远乡近邻，方圆数十里，谁不知道你为人清白，谁不知道你那一片孝心？如果你投江自尽，你婆母就要背上一个虐待儿媳的罪名啊！就住在我家吧，误会总会消除的，哪一天你婆婆的气消了，我再叫姜先生接你回去……"

三春在邻姑家住了下来。

下午，村里的人传说纷纭：

"怪事，昨夜一场暴风雨，姜家的水缸破了，旁边却出了一口大井。"

"那井里五股泉水直往外冒……"

"还有两条大鲤鱼在井里活蹦乱跳呢！"

"嘿，这下好了，姜家媳妇再不用一天跑几趟走几十里路去江边担水了。"

"我看，是老天可怜那个孝顺的媳妇啊！"

三春听了，心里一阵阵酸楚，一阵阵欣慰。乡邻们了解她，老天爷也没有辜负她。然而，谁又知道她所受的委屈。想着想着，眼泪扑簌簌地又掉了下来。

次日，邻姑告诉她，她家的泉水越涌越大，已涌了出来，淹了不少田土，村里的人欣喜若狂，全都扛着锄头，要开出一道道水渠，引水灌田浇地，人们不约而同地把这泉水叫"孝泉"呢。

这孝泉人们又叫它"五股泉"。那口井，人们则称它叫"藏龙井"。从汉至今，千百余年，泽被乡里。这是三春心底涌出的孝泉，这也是三春长期委屈尽孝的泪水……

三春不忍增加邻姑家的麻烦，移居到了尼姑庵。她日夜思念婆母、丈夫和儿子，常常以泪洗面。她日夜绩麻纺线，担去集市卖了，买米买鱼，托邻姑给婆母送去。

婆母明知这鱼米实非邻姑所送而是三春的孝敬，但胸中的气一时难以消除。以三春的贤淑，丈夫姜诗对所谓伤风败俗之说一向怀疑，但他不能拂逆母亲之意，接妻子回家，他希望哪一天母亲会回心转意。可儿子安安，年纪虽小，却无法抑制对母亲的想念，以致茶饭不思，书也读不进去。娘伤心吗？娘能吃饱饭吗？他常常一个人发呆。

一天，从缸里舀米，准备背去学校做饭，突然想到，为什么不多舀一点给娘送去？但他又想不能啊，不能让祖母见了生气。他决定自己每天少吃一碗，把节省的米给母亲送去。于是他每天上学，就抓一把米藏在土地庙土地爷爷背后。说也奇怪，那米鸟儿不啄，虫儿不咬，老鼠不吃，一段时间之后，竟积了不少。安安每天虽然饥肠辘辘，人瘦了许多，却毅然用麻袋装起来向尼姑庵走去。

三春一见儿子又惊又喜。

安安一边叫娘，一边恭恭敬敬把一袋米送到母亲怀里：

"娘，儿子给你送米来了！"

三春接过米，动情地问："好孩子，是爹爹叫你送来的？"

"……"

"是奶奶叫你送来的？"

"……"

安安不愿说出实情，又不愿说谎，咬住嘴唇，急得泪水在眼里直转。三春疑心了，莫不是偷……她越想越害怕，于是沉下脸来，痛心地说：

"儿子呵，你爹爹是怎么教育你的？做人要正大，咱不能做那些缺德的事啊！娘不能要这不明不白的米，快快送回去，要不然娘永世不愿再见到你！"

安安见母亲痛心的样子，一下跪到母亲的面前，抱住母亲的双腿，哭着，分辩着，不能不诉说事情的原委。

在一旁看着的庵主，接过米袋，反复翻腾，反复查看，见成色不一，有新有旧，又放在口中咀嚼，味道也不一样，然后对三春说：

"可别冤了孩子，这米确实是先先后后一把把积攒起来的……而且你看看这孩子的脸，又黄又瘦啊！"

三春听了庵主的分析，瞧瞧米，又瞧瞧儿子的脸，一把把安安搂进怀里，眼泪如泉水一般涌流："好儿子，乖儿子……"喃喃着，又疼又爱，别的话一句也说不出来。

安安用衣袖不断为母亲拭泪，哑着嗓子说："娘，你别伤心。儿子一定要叫爹爹接你回家！娘，你要多多保重，过些天儿子又来给你送米！"

"傻儿子，你不能再做傻事了，娘哪会就饿着？"三春抚着儿子清瘦的脸说，"看你都成瘦猴儿了。"

安安从母亲的怀里挣脱出来，在地上又蹦又跳，喘着气说："娘，你看儿子多精神！"

三春笑着说："快回家吧，别让奶奶爹爹挂心。"

安安向山下走去。他一边走，一边回头，远远地还传来他的喊声：

"娘——儿子一定要给你送米来——"

"送米——送米——送米——"山林田野久久地回荡着安安那稚气而深情的喊声。这喊声，绵绵邈邈，千古不绝，回响在孝泉镇的上空，回响在孝泉人的心里……

据说，由于安安的孝感动了祖母和父亲，终于把三春接回了家。又据说，安安长大后，像他父亲姜诗一样被地方举为"孝廉"，为朝廷所重用。在任上像他父亲姜诗一样，廉洁自守，为百姓做过许多好事。

于是才有这流传千古的孝泉——孝泉镇——德孝城姜氏"一门三孝"的故事。

十六　巧妇斗劫贼

自古道："衣食足而礼义兴。"但如今物质生活逐渐丰裕了，一些人却反而道德沦丧，寡廉鲜耻，为追求吃喝玩乐而胡作非为，以至坑蒙拐骗，偷摸抢劫，强暴横行，使纯朴善良人们的生命财产受到严重的威胁。

加强法制，除暴安民，自是国家的天职；而每一个有良知的人——你、我、他，都应该挺起胸膛，勇敢地和歹徒斗争。下边讲个古人的故事，或许能对我们有所启迪。

唐朝范阳郑义宗的妻子卢氏，深明大义，平日，对全家老老少少，方方面面，都关照得十分周到，所以郑家没有谁不称赞她的贤德。

丈夫在外地做事，卢氏虽然贤惠精明，家产仍由婆母掌管。所谓"三十年媳妇熬成婆"，才嫁到郑家不满三年的卢氏，如今还只有做"小媳妇儿"的资格。小媳妇儿可不好当啊！婆母脾气暴躁，对她动不动就斥骂责罚，常常令她难堪，家里其他人全都为她抱屈。而她总是委曲求全，始终如一，对婆母关心备至，服侍得巴巴实实，极尽孝道。

一天深夜，十多个劫匪，举着火把，拿着刀枪，突然翻墙越壁，闯进家院。家里人从梦中惊醒，看到满院子都是烟灰涂脸、黑巾裹头、手持凶器的彪形大汉——他们个个穷凶极恶，像魔鬼一样，吓得郑家的人全都从暗道里跑光了。只有郑母年老体弱，行动迟缓，来不及出走，被劫匪堵住，绑在厅柱上。

劫匪们翻箱倒柜，搜取了大量财物，但就是没找到金银首饰。喽啰们打包待运，匪首则手持大刀，威逼郑母说出金银首饰收藏的地方。

郑母吓得目瞪口呆，尿湿了裤子，浑身像筛糠一样，完全没了平日的威风。

"快说！"匪首把大刀架在她的脖子上：

"喏喏……喏……喏……"郑母上牙直嗑下齿，越怕越急越说不出话来。

"老不死的——我宰了你！"郑母急匪徒也急，匪徒把大刀高高地举了起来。

"住手！"

卢氏一下跳了出来，横在了两人中间。

事出突然，仓猝间卢氏原本也同大家一起跑进了地道，但在中途，她又折身返回家来，她想：婆母行动不便，万一落入贼手怎么办？

"嘿嘿，小媳妇儿……"匪徒见卢氏年轻漂亮，暂时放下了屠刀。

"你们是什么人？竟敢明火执仗，打家劫舍抢人？"

"哈……对对对，老子就是要抢人，抢女人！"匪首说着就去摸卢氏的脸。

"无耻！"卢氏头一偏，躲了过去。

"有'齿'呀，看老子一会儿把你按到床上，啃得你鼻子嘴巴発肿!"匪首一掌把卢氏推开，"滚一边儿去，待老婆子把金银财宝全都拿出来，老子再用牙齿啃你，看我有'齿'还是无'齿'。"说着又把大刀横到郑母的脖子上吼道："说!"

为拯救婆母，卢氏想用强硬的态度激怒匪首，把危险引到自己身上，没想到匪首不理睬自己，怎么办？

"说什么呀？好汉，你是要婆母说金银财宝的事吗？"卢氏突然变得嗲声嗲气起来，仿佛匪首刚才对她的挑逗，推她那一掌激起了她的"热情"。她揉揉胸口，"哎哟，你弄得人家生疼，你的手好重呀!"

"重么？老子这二百斤还没压到你身上去呢，哈……"

"我说好汉啊，你的眼睛怕有毛病吧？"卢氏飞一个眼风过去，扭扭捏捏挨近匪首身边："你没见她老人家病病恹恹，神志都不清了，能管这么大一个家吗？"

匪首半信半疑，眨了眨贼眼道：

"那么谁当家？你给老子说。"

"你看呢？嗻嗻……没看出来吧，实话告诉你，我丈夫在外做事，这个家么……连婆婆、小姑子都甩给我啦!"卢氏扭着腰，嗲声嗲气，又甜又脆的嗓音拖得长长的，显出又妖娆又自负的样子。

"那，那咱俩就有话好说喽？"贼子放开郑母，挤眉弄眼，脸上堆满了淫笑，紧紧贴着卢氏。

"忙啥子嘛，深更半夜的，又没外人，婆婆又吓昏了。"卢氏趔到一边，兜着圈子，她想，家里人跑出地道，把人喊来，怕还有一阵子。"啊啊，看我只顾说话，都忘了，你们一夜怕跑了几十里路吧，我先给你泡杯茶来，润润喉咙……"

"少啰嗦!要去就快去。"贼子粗大的喉结上下滚动了几下，叫一个喽啰跟随卢氏去端茶，他口干舌燥，确实也想灌点儿水进去。

　　卢氏磨磨蹭蹭好一阵没把茶端来，贼子一边骂着粗话，一边绕着厅柱急走，有时又向耷拉着脑袋的郑母呸一口。见卢氏来了，他瞪着眼，夺过茶壶，仰起脖子咕咕隆隆一口灌了下去。砰的一声把茶壶掼到地上，瓷壶被掼得粉碎。

　　"快走！带老子去把那些玩意儿通通拿出来。"

　　卢氏把腰身一扭，娇嗔道："看你急得……你难得来一回嘛，

咱俩慢慢儿地……"

"慢慢儿地？老子现在没工夫，待会儿搂你上山去，老子才慢慢儿地跟你玩个够。"他抓住卢氏的领口直搡，狞笑着说，"你是在跟老子泡蘑菇吧，嗯？"

"你，你咋这么粗鲁呀，女人……女人可不喜欢粗鲁的男人，女人……"

"老子粗鲁的还在后头。"贼子气急败坏，大声咆哮，"来人！给老子狠狠揍这小娘们儿，老子不怕你不把那些宝贝拿出来！"

两个喽啰手持棍棒把卢氏夹在中间。

"要打我？打我一个女人？我可不依……"卢氏从衣兜摸出两把钥匙向贼首亮一亮，"打我可不给你。"

匪首伸手把钥匙夺过去："那你快领老子去拿！"他抓住卢氏的衣领推着她走，两个喽啰跟在后面。

卢氏无奈，只好把劫匪往楼上自己的闺房带去。眼见闺房的门已打开，箱柜也已仰面朝天。她大声惊叫：

"哎呀，怎么得了？珍珠首饰都被人偷走啦，呜，呜，你叫你的弟兄还给我呀！女人不能没有首饰呀！呜呜……"

贼首早就怀疑卢氏在耍花招，但又一直抱着希望。此时他是再也控制不住他那凶残的本性，他二话不说，把卢氏拖到楼梯口，一掌打了下去，又命两个喽啰棍棒齐下，一顿毒打。

卢氏从楼梯滚下，本已跌得昏天黑地，再加上一顿棍棒乱打，哪里还能活命？

幸而这时成百村民举着火把，扛起锄头扁担，呐喊声由远而近。匪徒们再也顾不上卢氏和其他，抱着细软，一溜烟逃出了院子。

　　婆母得救了，可卢氏却昏了三天三夜。

　　事后，卢氏的亲娘问她："匪徒来了，一大家子都跑光了，你咋不跑呢，你是个傻子吗？"

　　卢氏说："妈，你今天是怎么啦？女儿出嫁前你不是常教我嘛，'要孝敬公婆，善待兄弟姐妹，好好服侍丈夫'……"

　　卢氏故作老态，仿母亲的声调说话，把母亲都逗笑了。她伸出指头在女儿额上一戳："就耍贫嘴！"

　　"妈，人，不同于兽，应知礼义嘛，是不是？就是邻里有什么急难，也要出手帮助嘛，何况是自己的婆母呢？"

　　母亲又心疼又无可奈何地叹口气说：

　　"唉，一大家子谁不晓得顾惜自己的命，就你逞能，差点儿没了命，唉……"

　　"妈，你别这样嘛。"卢氏一边给娘抹眼泪，一边说，"我这不是还好好地活着吗？我那时哪儿想到有命没命，我一心只想……哎，不说这些了……"

　　其实卢氏想来也有点儿后怕。她不愿让母亲再伤心，就问："爹还好吧？""弟弟还调皮吗？""奶奶的腿还疼吗？"接二连三的问候，母亲再也无暇为她心疼落泪了。

　　……郑家遭劫后不到半年，总管的担子就落在了卢氏的肩上。"三十年媳妇熬成婆"的老规矩破了，小媳妇儿超前接班了。郑家老老少少、上上下下，谁不尊敬她、拥护她呢？就连全范阳的人一提起卢氏的义举，都为她感到骄傲。

　　由于卢氏不畏强暴、舍身救人的精神感召着范阳的官绅百姓，大家团结一致，那帮匪徒只好逃窜到遥远的他乡。其他那些"单打"的小毛贼，更不敢偷鸡摸狗、横行乡里了。

十七 重返衡州城

有些孩子，生在稍微富裕的家庭，父母越是宠他，越是不把父母放在眼里；更有一些纨绔子弟，非但不能安慰父母，反而惹是生非，给家族带来祸患，临了父母只有哀叹："生此逆子，真是家门不幸啊！"

晚唐时期，曹王李皋却不是这种孩子。

李皋，字子兰，但讨厌别人叫他"子兰公子"。为什么呢？原来战国时代楚怀王的儿子人称"子兰公子"——这"子兰公子"性情刁钻乖戾，自小便抖起"王子"的臭架子，欺辱大臣，连他的老师——三闾大夫、我国历史上伟大诗人屈原，都常常受他的窝囊气，他对父母也极不尊重，最后弄得国破家亡，遗臭千古。李皋——李子兰，虽然同样生在皇族，贵为王子，锦衣玉食，婢仆成群，可他知书达理，品性淳厚，待人谦和，尤其是对父母那份孝敬之心，更是令人感动。他八岁的时候，父亲老曹王，背上生了个痈疽，怎么都医治不愈。见父亲痛苦万状，他也悲痛得成天哭泣，最后，他一口一口把毒疮脓血吸出来，才救了父亲的命。

老曹王由于体弱多病，迷信老庄，看破红尘，征得皇帝的同意，早就想把王位传给子兰。子兰一听，不禁悲从中来，仰天大哭。历史上，为了早获得家产而诅咒父母早死乃至抢班夺权的逆子还少吗？可李子兰不但不为自己十分年轻就继承王权而喜出望外，反而为父亲感伤厌世、放弃王权悲痛欲绝。他的心中只有父母，从没有他自己啊！

　　父亲的病一天天沉重了。李子兰日夜侍奉左右，衣不解带，饭不终饱，及至疲惫成疾，枯瘦如柴，也从不懈怠。他为父亲身患沉疴而忧心如焚。一天，他悄悄向御医打听父亲的病情。御医说："没有别的办法，只有尝尝你父亲的粪便，才能断定他的安危：如果粪便味苦，就有治愈的希望；如果粪便味甘，就难以治愈了。"那时，没有现代医学化验的手段，口尝粪便确是一种诊断的方法。李子兰拒绝了仆人口尝粪便的恳请，他不怕脏臭，毫不犹豫，把父亲的粪便放进口里，反复品尝，仔细辨味。之后，他高兴得大叫道："父亲的粪便味苦，治愈有望哇！"由于子兰的孝心给了父亲极大的安慰，使父亲增强了生之信心和快乐，加之御医的治疗，儿子的精心侍奉，父亲的病竟一天天好了起来。

　　老曹王快快乐乐地又活了十多年。他说："我为子兰而活着，我为子兰而深感生之快乐。人们孜孜以求的'天伦之乐'在哪儿呢？就在我家，我得到了。感谢上苍给了我一个子兰，一个至诚至孝的儿子啊！"

　　老曹王去世后，曹王李皋——李子兰，把一片至诚至孝的赤子之心，全都倾注在母亲太妃身上。他没有像一般王公大臣那样，只顾追求个人的功名富贵或声色犬马的享乐，把父母撇在一边，或虚以应付装模作样尽尽"孝道"而已；除了政务之外，他无时无刻不尽心尽力地侍奉于母亲左右。

　　李皋对父母至诚至孝，对属下、百姓也分外关心。在做衡州刺史时，深受地方官绅和百姓的拥戴。而湖南观察使辛京杲，忌妒他的才能、政绩和声望，生怕夺了他的位置，于是诬陷他"收买人心，图谋不轨"；当时的皇帝也忌恨皇族势力的膨胀，以至削弱自己的至尊的权力，也就借此加害于他。

这时，曹王李皋的母亲——太妃年事已高，曹王对自己的荣辱和安危并未放在心上，可他最担心的是老母能否经受得住这个关系到家族命运的打击。

对观察使辛京杲的狡诈和阴毒，李皋十分鄙弃和愤怒，但为了母亲他不得不违心地委曲求全。

他拜访辛京杲说：

"对于我'图谋不轨'的指控，我不想分辨是非。"

"那么你是认罪喽？"观察使大出自己的意料。

"是的。不过我有一个请求。"

"啊？什么请求？"观察使做贼心虚，有些紧张。

"我只请求大人对于我的审理治罪绝对保密，不要让母亲知晓。"

"啊？哈……"观察使放心了，得意地奸笑之后，不无嘲弄地说，"想不到你李子兰果然是一个孝子！不过，你不觉得这'保密'嘛，是需要上下左右一致……需要……付出代价的吗？"

观察使对自己卑鄙的侮辱和溢于言表的贪婪，身为曹王的李皋，在平日绝对难以容忍，但是为了母亲，他心甘情愿接受任何无耻的苛求。

"请大人放心，我愿意拿出大半家产，也就是一万两黄金奉献大人。"

"一万两黄金？"观察使惊喜得从高高的座椅上站了起来，急不可耐地走到李皋的面前，"你可说的实话？"

"三天内一定送到大人府上。不过请大人上下左右一致，绝对保密。大人要向我保证。"

"保证？保证。哈……保证保证！成人之美何乐而不为呢？"

观察使又话中有话地盯住李皋说，"'君子一言，驷马难追'嘛，是不是？"

"是的。"李皋洞悉观察使的意思，他用毋庸置疑、诚恳坚定的态度和语气说，"我李皋虽是待罪之人，但一言九鼎，绝不失信！"

李皋回到府第，一方面多方努力，积极筹措，把一万两黄金一两不少送去观察使府；另一方面严命王府诸人严密封锁消息，绝不能让老母得知半点风声。同时他在待罪受审期间，出门前一如既往，手持玉笏，身着官服，俨然在继续身任刺史一般，去向母亲告别；在路上再换上囚服，去接受审讯；审讯结束回家的路上又换上官服，手捧玉笏，不失刺使的威仪，强颜欢笑，去向母亲问安。因此，家庭发生如此重大的变故，李母竟未有丝毫觉察。

当李皋最终被贬到僻远的潮州去的时候，他还作出十分兴奋的样子对母亲说："潮州乃边防重地，朝廷十分重视。孩儿在衡州政绩卓著，皇上时有所闻，今又派儿驻守潮州，是对孩儿最大的信任和恩宠啊！"母亲信以为真，竟为儿子感到骄傲和欣慰。

杨炎在当宰相之前，就知道对李皋所谓"图谋不轨"的指控，实属诬陷——一个至诚至孝、光明磊落的人，怎么可能犯上作乱呢？虽然想帮助他，却无能为力；一当自己升任宰相之后便立即上疏皇帝，恢复了李皋的王位和衡州刺史之职。李皋返回衡州复职时，成千上万的百姓，扶老携幼，出城十里，夹道欢呼，焚香迎接。

李皋的母亲热泪盈盈，对儿子说：

"百姓如此敬重我儿，为娘的脸上也有光彩，你父王在九泉之下也为你感到骄傲和欣慰啊！"

李皋的心中却不胜酸楚而自责，他虽然出于一片孝心，才隐瞒被贬谪的事实，但毕竟是欺骗了母亲，过去的事怎么向她老人家交代呢？

回到衡州的当天晚上，李皋彻夜未眠，反复考虑，他决定在母亲生活完全安定之后，选择一个适当的时机——即母亲心情最为平静的时候，再给老人家禀告。

一天早晨，风和日丽，鸟儿欢鸣，他去向母亲请安，见母亲神清气爽，似乎心情忒好。

母亲说："皋儿，回到衡州三天，真像回到了老家一样，为娘打心眼儿里高兴啊，哈……"

李皋说："太妃高兴，儿子也高兴；太妃的康乐，就是儿子的幸福！"

中午，李皋特别令厨下备办了一席丰盛的家宴。

李皋斟满一杯玉液，高高地举过头顶，跪到母亲面前，恭恭敬敬地说道：

"祝太妃福寿无疆！"

"皋儿，今天并非为娘的生日，为什么这般庄重行此大礼？起来，快快起来！"

李皋固执地跪着：

"请太妃先饮了这杯酒。"

"好，好，为娘饮了就是。何必如此嘛！"

母亲接过酒杯，一饮而尽，然后去扶李皋："起来了吧，你也四十多岁的人了，何必……"

李皋仍长跪不起，而且泪流满面，似面带负罪之色。

"皋儿，你今天到底是怎么啦？你……"

"请太妃恕罪！"

"皋儿何罪之有?"母亲更加惊疑,不禁站了起来。

李皋陈述了事情的原委后说:"儿子不孝,受人诬陷,几乎连累太妃遭至不幸,其罪一也;因儿之故,劳太妃枉驾边陲,深受其苦,其罪二也;儿去潮州,实属贬谪,儿反说是受皇上的宠信,欺骗了太妃,其罪三也……"

"儿啊……"母亲听着听着,激动得浑身颤抖,热泪簌簌地淌了下来,张开两臂,把李皋紧紧地搂在怀里,一边像诓婴儿抚拍着他的脊背,一边哽咽着说,"委屈我儿了,委屈我儿了,我儿不哭,不哭……我儿一片至忠至孝之心,苍天可鉴呵,何罪之有,何罪之有?……不哭,不哭……我儿用心良苦,娘知道你的心意,不哭,不哭……"

太妃的晚年过得十分幸福。越数年,含笑仙逝后,李皋把她安葬在先父的身边,营造起高大的墓冢。同时招募第一流的画师,为父母画了遗像,竖立厅堂,早晚顶礼祭祀,寄托他无尽的哀思。

曹王李皋,于家至孝,于国至忠。

晚唐时期,藩镇割据,不把朝廷放在眼里,他们拥兵自重,又互相争斗,战争连绵,致使百姓深受其苦。唯有曹王李皋,升任节度使,坐镇江西,竭忠尽智,镇压匪类,与李希烈之流的诸藩作了艰苦卓绝的斗争,保了一方平安;无论自己的实力有多么强大,他对朝廷的一片忠心矢志不渝,对挽救李唐王朝的颓势,他的功劳最大,不可磨灭。

一个至诚至孝的人,也才可能尽忠报国。孝亲是爱国的基础——曹王李皋李子兰的生平不正说明了这一事实吗?

十八　做客何偷橘

　　到别人家做客，要讲礼貌。如果吃了主人用来宴请的食物果品，又怀揣一些回家去，那可是十分丢脸的事。

　　东汉末年，有位著名人物，为这事，在主人和众多的贵宾面前，就曾大大地"丢过份儿"。

　　他就是陆积。

　　陆积曾担任过郁林太守，官儿不小，不过他以博学多才，在天文、历算、注易经、释玄学诸方面的高深造诣和巨大成就，更是闻名于天下。

　　所以，当时的政治、军事集团的领袖人物都争相延请陆积为他们服务，而淮南袁术对他分外赏识，许以高官显位，待以隆重礼仪，再三拜望他，但他都一概拒绝了。

　　其实，陆积在不满十岁的时候，就曾与袁术打过交道。

　　陆积是江苏华亭即今松江县人。父亲是袁术治下的地方官。

　　有一次，父亲要去拜谒他的上司袁术，顺便带上被称为"神童"的小陆积，出外"游学"，见见世面，以增长学问。

　　当时袁术坐镇九江。快到九江时，父亲对陆积说：

　　"你知道袁术是什么人吗？可是一位了不起的大人物啊！"

"爹爹，袁术的底细孩儿都知道。袁术是本朝的权贵、显族，对不对？他祖上世代'三公'嘛，对不对？他哥哥袁绍是当今最大的军事集团首脑，拥兵数十万，统治着整个华北地区，曹操、孙权的实力都远不如他，更不要说刘备了，对不对？至于袁术本人，他以寿春为根基，实力也很强大，他甚至还想取代汉献帝自己登上全中国至尊的皇帝宝座呢，对不对？"

常言道，"知子莫如父"。但陆积这番宏论，小家伙对当今政治、军事形势洞若观火，做父亲的却一点也未估计到。

他频频点头，抚摸着儿子的小脑袋说：

"看来你还知道一些事情。不过……"

"不过孩儿以为……"陆积接过去说，"袁氏兄弟，而今称他们是'大人物'也不为过。但他们并非曹操这类英雄人物。他们虽然暂时貌似强大，但将来是否能成大气候却很难说。依孩儿看来，袁术的皇帝梦做不成！"

父亲生气了，忙呵斥道：

"不许胡说！你爹爹就在袁大人治下做事，此次前往九江拜谒他，还想……"

陆积又接了过去：

"还想谋取更高的官职是不是？不过孩儿希望爹爹不要与袁术过分亲近，最好离开他，另谋出路。"

"你胡说什么哇！"父亲更加生气。

"爹爹，你想过没有，袁术过早打出要在寿春称帝的旗号会有什么后果？"陆积不管父亲如何生气，继续高谈阔论，"他这是利令智昏，大大的失策呀！你想，袁绍不想称帝？曹操、孙权、刘备不想称帝？可他们聪明得多，曹操以'汉丞相'的名义'挟天子以令诸侯'；刘备以'皇叔'的身份'复兴汉室'；袁绍、孙权也打着'维护汉室'的旗号，这是为什么？"

"他们都明白得很，谁要暴露出称帝的野心，谁就会被群起而攻之，四面楚歌，必然垮台。而袁术现在就打出'称帝'的旗号，这不是引火烧身、自取灭亡吗？所以，孩儿以为袁术非但不是什么'大人物'，更不是什么'英雄'，而是一头蠢驴。所以孩儿奉劝爹爹……"

"住口！"父亲又急又气，不许他再口出狂言了。而且一再告诫他，到袁府去后，千万不许乱说，千万要讲礼貌，要对袁大人表示敬畏，云云。

袁术的官邸可豪华了。楼阁错落，亭榭遍布，佳木参差，繁花似锦，果林一片连着一片。

陆积毕竟才是一个不满十岁的孩童。一进袁府，把什么天下大事都丢到爪哇国去了，他兴致勃勃，到处去憨玩憨耍。

他奔上山坡，忽然眼前一亮，脚下一片夹红的绿荫铺到远远的天边。啊，原来是好大好大一片丹橘林。那枚枚丹橘硕大无朋，红艳艳地掩映在碧莹莹的浓荫之中，有的把枝杈都压弯了，垂得很低很低，伸手便可摘到。陆积看得直咽口水，可他没有伸手——父亲的教导不能不听啊！

但是陆积终于吃到了袁府的这些丹橘。

袁术接见人的时间到了。许多达官贵人、风流名士都先后走进了客厅。

陆父坐在客厅里想，小家伙该不会闯祸吧，说好了的，一待拜见袁大人后，便去找他。

可正当袁术坐在虎皮高位上和客人们侃侃而谈的时候，陆积晃着小脑袋却突然出现在客厅门口。见他忽闪着明亮的大眼睛、顽憨可爱的样儿，有些人不自觉地侧头望去。袁术看到了，眉头皱了起来，何处的野孩子，竟敢闯到这里？败了他的雅兴……

陆父急了，他连忙使眼色要儿子走开，可陆积似未察觉，他在专心一意地打量着、研究着坐在虎皮椅上的袁术——这就是想当皇帝的"袁大人"了。嗯，身材伟岸，气宇轩昂，是像个贵人模样。不过，似有一股晦气停在眉宇之间，这可不是好兆头啊！

宾客们一时无话，他们的眼光时而扫向陆积，时而停在袁术的脸上，仿佛贵人的"宝相"确实异于凡人，确有什么值得研究的地方。

见袁大人快要发怒了，陆父脸涨得通红，急得无法，只好前去把陆积拉进来，要他向袁大人作揖，并向袁术致歉道：

"犬子无知，没有规矩，缺乏教养，请大人见谅！"

"啊？是陆翁的贵公子？"袁术从尴尬中解脱出来，他走到陆积面前，抚摸着陆积的小脑袋，故作亲切怜爱的模样，"好机灵的孩子啊！啊啊，我记起了，你就是传说中的'小神童'吧？"

陆积仰望着伟岸的袁术，眨着眼，不置可否。

陆父忙说："小儿无知，徒有虚名，能亲聆大人的教诲，我父子实是三生有幸……"

"哈……'青青子衿，悠悠我心，但为君故，沉吟至今'，我淮南袁术，就喜欢与文人雅士交游，即便是三尺之童，确有才华，本人一如孔圣人一样，也满怀尊敬。今儿能与令郎——名闻江南的'神童'会见，实是一大快事，一大快事，哈……"

袁术作出一副思贤若渴、礼贤下士的姿态，又附庸风雅，吟诗抒怀，借以卖弄他的才气。可陆积心里却大不以为然：这袁术确是一个大草包。连引诗用典都不伦不类。他心血来潮，竟想要跟袁术开个玩笑。他突地两手下垂，俯伏在地，口中念念有词：

"万岁爷在上，小草民在下，今日得睹龙颜，不禁浑身冒汗！"

"哈……"袁术更加乐了。

陆积实在遗憾：这傻瓜真真忘乎所以了，连我对他的嘲弄竟未觉察。

袁术说："从小看到大，这孩子将来一定是个了不起的人才。"

陆积对袁术失去了兴趣，便坐到父亲身边去，他一眼就看到茶几上一大盘丹橘。啊，丹橘，就是刚才在果园里看到的那些丹橘，刚清洗过的丹橘，一个个大如王母娘娘的蟠桃，而又红艳欲滴。陆积毫不客气，伸手便剥开一个，一股清香，直扑鼻端，橘瓣儿橙黄晶莹，肉肌肌的，放进口里，又柔又细，又香又甜，陆积美滋滋地品尝着，觉得天下怕没有比这更好吃的蜜橘了。可陆积只吃了一个，尽管心里痒痒的，仍只吃了一个。他是在讲礼性吗？

袁术坐在高高的虎皮椅上，意色扬扬，神气活现，指手画脚，纵论天下大事。来客们尽都频频点头，连连拱手，表示对袁氏兄弟的仰慕。

陆积无聊，屁股在椅子上蹭来蹭去，好不耐烦。

袁术终于谢客了。

宾客们一齐站起身来。忽见一个又红又大的丹橘从陆积那过分长大的衣衫内滚了下来，一直滚到袁术的脚边。

满堂的客人都愣了，陆积父亲更是尴尬得不知所措：不争气的孩子啊，丢尽了父亲的脸。

袁术拾起脚边的丹橘，咧咧嘴似笑非笑道：

"小神童真有神通啊，这蜜橘怎么神不知鬼不觉钻到你的衣襟里去了？哈……"

可陆积一点儿也不脸红，他扬了扬脸，反问："袁大人摆出来的橘子是请客人尽情享用的，该不是做做样子吧？"

"当然当然……"袁术不知陆积要说什么。

陆积指着果盘说：

"这盘子里一共盛了十个橘子——我先就数过了——我爹爹吃了两个，我吃了一个，盘子里还剩下两个——请大人数数——这不算失礼吧？"

"呃，呃……不失礼，不失礼！"

"对，我怀揣了五个橘子。这五个橘子既是袁大人赠送客人吃的，那么我愿意带回家去孝敬母亲，不为过吧？"

"啊，啊啊……"袁术十分惊异。

"我母亲最爱吃橘子，可从没吃过大人府上这么好的橘子……"

陆积原本是在与袁术辩理，说到这里，由于对母亲的爱激动着他的心，而又觉得自己受了委屈，所以，话说不下去，眼圈儿也红了起来。

谁会为一个小客人带几个果子回家而大惊小怪呢？"袁大人"就更不会那么小见了。他不过要逗逗这孩子好玩，并借此活跃活跃送客时的气氛。没想到孩子竟如此机敏，而且怀着一片赤诚的孝心，他也深受感动了。

他连声称赞：

"好孩子，好孩子！不但聪明灵秀，还深谙孝道，在外做客不忘高堂，弃小礼而怀大德，年纪虽小，而品德高尚，实实难得，实实难得啊！"

袁术高兴得拊掌大笑。他又叫仆人提来一大篓丹橘，送给陆积道：

"把这也带回家，送给你的母亲吧！"

众人一齐鼓起掌来颂声满堂：

"袁大人真是大仁大义，大仁大义啊！"

陆积走出袁府，一路想，这袁术也还不错，起码他还能尊重别人的孝心啊，他没有为难我。不过，他到底还是做不了皇帝……

十九　黄泉下相见

颍河潺潺地流淌，鱼鳞般的波纹闪着银色的光亮。河水不断碰到巨石的拦阻，只好回身盘旋，于是形成一箩又一箩漩涡。

河滩的沙石和已干燥的芦苇，反射着秋天的阳光，一道洁白的风景线向河滩上下延伸到很远很远。微风托起瑞雪般的花絮，在透明的空气中轻轻浮游，瞧着那闲雅潇洒的情态，更加令人心旷神怡。

颍考叔此时的心情分外愉快。这位大力士当然没有欣赏风景的习惯，但他为在此导演一出国王与太后“幽”会的喜剧而十分得意。

他正指挥着一队军士，用铁镐、用铜铲加紧施工，他要在这长满芦苇的河滩，挖掘出一条又宽敞又高深的暗道，营造出一座临时的地下宫殿……

国王与太后不在豪华的宫室正儿八经地见面，何以要在这远离国都的荒僻河滩“幽会”呢？这关系到郑国长达十数年之久的宫廷斗争的大事，说来话长啊！

郑国国君武公的夫人——姜氏，生长子郑伯时，由于难产，昏了过去，差点儿死了，于是这位母亲一辈子都厌恶这个在娘肚子里就捣蛋的儿子。而她在生次子共叔段的时候，却异常顺利，哼都没哼一声小宝贝就下了地，所以她就特别钟爱这个小儿子。

两个儿子逐渐长大成人。母亲一心要次子共叔段继承王位，可老国王坚持"立嫡长"的周礼，他死后理所当然由老大郑伯当了国王。

新国王郑伯登位这天，群臣祝贺，宫廷里举行盛大的宴会。

母后姜氏内心很不高兴，但她仍不断给新国王长子郑伯奉菜。郑伯为了表示对母亲的孝敬和对王弟的爱护，也不断把最好吃的菜肴挑进他们的碗里。

母子三人频频举杯，天伦之乐、祥和之气洋溢着整个宫廷。

"孩儿啊，你是国王了，你兄弟脾气不大好，你可要多宽谅他。"

"母后放心。儿虽位居一国之主，但兄弟如手足，而骨肉之情永在啊！"

"我想……"母后顿了顿，似有隐情难于出口。"我想，还是让你兄弟离开国都好，他已长大成人，是不是封他一块领地……"

"当然可以。"郑伯笑眯眯地望着共叔段，并主动举起酒杯与他响响地碰了一下。

"我看就把'制'那块地方封给他好吗？"母后进一步提出具体的封地。

郑伯为难了。可当着兄弟的面怎么好说"不"呢？他故作爽快地扶起母亲：

"母后，我们在里面去吃茶，边吃边谈。"

兄弟共叔段自然不好意思跟进去。

母子在内廷里坐定，郑伯亲手给母亲捧上茶，委婉地说：

"母后的意思是关照兄弟，儿也十分关心他。所以我想不如另选一个封地为好。"

见母亲不悦不语，他进一步说：

"'制'——虎牢关，多山而险要，原属于东虢国都，先王消灭它后，东虢国的国君就死在那个地方。如今把'制'又作为兄弟的封地，让他住到那儿去，恐有些不祥啊！"

母后姜氏原本就打算让老二以"制"——虎牢关为基础，利用险要的地理形势，以便将来独立乃至夺取整个郑国的政权，实现让心肝宝贝当国君的凤愿。现在被老大识破——尽管他未直接表露——于是她又提出另外一块地方。

"我儿考虑得周到。既然去'制''不祥'，那就去'京城'（在今河南荥阳，并非国都——笔者注）吧！"

郑伯心中一惊。但不好再拂母亲的意愿，就爽快地答应了。封兄弟为"京城太叔"。

母亲笑了。

这件事大臣们颇不以为然。但因涉及国君家族的事，又不便反对。

共叔段一到"京城"，立即增设城防，加高城墙，加长护城河。

消息传到国都，反应强烈。大夫祭仲警告郑伯道：

"按先王留下来的制度规定：大城，不能超过国都的三分之一；中城，不能超过国都的五分之一；小城不能超过国都的九分之一。'京城'的地盘原本都过大了，当初您把它封给'太叔'臣子们都认为不妥；现在'太叔'又擅自扩充了地盘，已超过百雉，长达三百丈，这完全背离了先王的制度。如此放纵，恐怕是国家的祸患，将危及您的王位啊！"

郑伯为难地说：

"这是母后的意思，做儿子的怎么好不答应呢?"

"母后？哼，你母后的心意谁不明白，为了幺儿子，她哪有个满足的时候？"祭仲急了，竟不客气地抢白国君，并进一步分析道，"不如早点给太叔另外安排个适当的封地吧，不要让他的野心滋长

蔓延；一旦滋长蔓延开了，就很难对付了。何况他是你的兄弟，如果将来他闹大了，乃至发动叛乱，你这做王兄的对他该怎么办呢？"

"别再说了。"郑伯生气道，"不义的事做多了就会自取灭亡！不过，我相信我兄弟不会这样。再看看吧！"

过一些时候，共叔段进一步扩展地盘，以王弟的身份，令紧挨着"京城"的西鄙和北鄙同时附属于郑伯和他自己，最后公然把这两座城池收归自己独自管辖。

这件事更引起大臣们的不安。公子吕对郑伯说：

"太叔俨然以国君的姿态发布命令了。可是一个国家不能有两个国君存在。'一国二主'，必将发生战乱。那你还当国君吗？如果您态度暧昧，则人心浮动，臣子们不知道将来到底谁做国君，对您就不可能忠心不二。明确地说，如果您要把王位让给太叔，那我就请求去效忠于他；如果您不愿让他称王，那我就请求您把他除掉。早作决断吧，不要使臣民们产生二心呀！"

"哪能这样做？"郑伯说。其实他心里十分明白，共叔段的野心一旦膨胀起来，那后果不堪设想。是怎么好杀害自己的亲兄弟呢？不过对共叔段的胡作非为他也有些气愤了。他说："如果他自己一意孤行，那是他自己招祸，与我无干。哼！"

共叔段认为哥哥软弱可欺，就更加肆无忌惮了。他不断扩展领域，及至扩展到廪延，离国都不远了。国都舆论哗然。

子封痛心地向郑伯指出情势的严重性：

"够了！太叔的野心已昭然若揭，不能再坐视不管了。如果您还不动手，他将得到更多人的拥护，势力迅速膨胀，就不可收拾了。"

郑伯不是一个没有心计的人。兄弟的为人他不是不知道，如果让兄弟当国君，那郑国就完了。所以实际上他在军事上早已做了布置，但有见于共叔段还没有公开叛乱，他不愿主动发兵进攻他。听了子封的陈诉，他说：

"没有那么严重吧。不义的人谁拥护他呢？领土扩展得愈宽，暴露愈充分，愈容易垮台。"

由于有太后的支持，共叔段的野心没有受到任何遏制，他更加利令智昏，他认为管辖的土地已经很宽，统治的老百姓已经很多，势力已经强大，便更加紧准备战车、兵甲、粮草，同时选定日子，阴谋发动叛乱，向国都进军。

而与此同时，母亲也作好了内应的准备。一旦共叔段的军队打到国都，她就让她的亲信开启城门，让她的宝贝幺儿子顺利进城，登上国王的宝座。

但是郑伯已暗地派人弄清楚了共叔段公开叛乱的准确日子。到了那一天——也就是国人都看到了共叔段叛乱的事实的那一天——他立即发布镇压叛军的命令，叫子封率战车二百乘，将士一万五千余名，进攻"京城"。共叔段虽貌似强大，但不得人心，所以国王的军队一到，全都脱离了他而倒向郑伯。共叔段不战而溃，仓皇逃奔鄢陵。郑伯军追击到鄢陵，统帅子封欲活捉共叔段解押到国都治罪。

郑伯想，如果把他捉住，我怎么处置他好呢？杀了他，他毕竟是自己的亲兄弟；留下来嘛，臣民不服，而且祸根不除，后患难料。他是不会安分的，母后还会支持他。最后决定：让他"出国"吧！于是下令继续进攻，并暗暗放他一条生路。共叔段最终逃到了共国，做了一个流亡的王弟。

叛乱平复了，但是主谋母后怎么处置呢？臣民呼声遍及全国。郑伯陷入痛苦的困境。

大臣们全都痛恨国母姜氏。但是郑伯连兄弟都让出国避难了，还会重处自己的生母吗？然而让她留在国君的身边也恐于国家不利，于自己也不利。于是就有一个乖巧的臣子向郑伯出主意：

"大王不能蒙受不孝不悌的罪名。大王让太叔出国，已做到仁至义尽了；不如也让国母离开京城吧，这道理是不言而喻的。谁能说大王不孝呢？"

于是郑伯把母亲送到颍城去居住，并特意为她营造了宫室。

在送母亲离开国都的时候，出于一时气愤，他说道：

"不及黄泉，无相见也"——意思是说，活着，我们母子就不要见面了；只有死后到了地下，我再去见你！

然而过了不久，郑伯又后悔起来；母亲纵有天大的罪孽，作为儿子也不能这样处置她啊！母亲不能跟自己生活在一起有多么痛苦……可是一国之君一言九鼎，悔也无及了。

……国母姜氏被送去离国都较远的颍城。颍城的地方官叫颍考叔。

颍考叔年轻时因为力大无穷而闻名，为救大夫公子吕用拳头竟打死了一只猛虎；又听说他明辨是非，为人方正仁义，且十分孝敬母亲。于是公子吕就向郑伯推荐他去做官。后来颍考叔又调任颍谷封人，即颍地的地方长官。

颍考叔常去看望郑伯的母亲姜氏。发现她已有悔意，而且也很痛苦。做儿子的怎么能让母亲受苦呢？于是他设法让郑伯母子团聚。

有一天，颍考叔带着礼物去国都觐见郑伯。在郑伯设宴款待他的时候，他只吃了一些蔬菜，却把山珍海味用盒子装了起来。郑伯感到奇怪，问他为什么这样做。他说："我的母亲从未得到过大王您的赏赐啊，我要把大王您赐给臣的美味带回家去，供奉我的母亲。"

郑伯思念母亲的隐痛被触动了，长叹一声说：

"你有母亲可以供奉，我却无法供奉自己的母亲啊！"

说着伤心得眼圈都红了。

颍考叔明知故问：

"大王为什么不把母后接回国都朝夕侍奉呢？"

郑伯无可奈何地说：

"唉，我身为一国之主，说过的话怎么好改变呢？君无戏言啊！"

颍考叔说：

"大王不就说过'不及黄泉，无相见也'一句话吗？这好办。大王不必忧心，让小臣来为大王母子相会作安排吧！"

……颍水河滩的地下室已经造就。颍考叔走进去看到地下水，风趣地说："这不就是'黄泉'吗？国王母子在此地下室会见，谁能说是违背了'不及黄泉，无相见也'的前约呢？"

颍考叔真有办法，他如此这般，既成全了郑伯的孝道，也封住了天下人的口风，维护了国王的尊严。

颍考叔把地下室简单地装修了一下，就成了"地宫"。

他请太后姜氏先住进去，然后又迎来国王郑伯。母子别离已久，一见面就抱头痛哭，又悲又喜，"其乐也融融"！

颍河的流水泛起层层涟漪，也像在会心地微笑。

郑伯把母亲迎回国都，朝夕侍奉，实现了同享"天伦之乐"的愿望，赢得了国人的赞扬。

颍考叔孝敬自己的母亲，还推己及人。他如此博大深沉的孝心在郑国人心中产生了巨大而深远的影响。于是郑国的孝子比比皆是，层出不穷。

二十　皇帝也认错

"我不服！老夫死也不服！"

周勃血往上涌，脸红得像猪肝，与头上乱蓬蓬的白发和项下颤巍巍的银须，形成强烈的反差。他那被一团皱纹包裹着的双眼喷出火星，他那肌肉萎缩而骨节粗大的双手摇撼着监狱的铁栅门。他苍老的嗓子哑了，仍声嘶力竭地叫骂：

"没有我周勃，哪有，哪有你刘恒的天下？你，你个王八羔子，'兔死狗烹'，忘恩负义……'谋反''谋反'，我周勃谋个鸟反！你皇帝老儿发昏啦？你……"

狱卒们听到周勃骂皇帝，吓得胆战心惊。开始好言劝告："周老将军，求求你了，你横竖是要死的人了，把小的脑袋骂掉了，可就冤了！"后来实在没法，只好捆住他的手脚，用马粪填进他的嘴巴。

周勃口里发不出声音了，只能从鼻孔喷着粗气，发出呼啸，咒骂声在肚子里横冲直撞，因皮肉严密封锁，再也扩散不出来了。他无可奈何地歪在角落里的一堆发霉的乱草上，他干涩的眼里，竟落下了几滴浑浊的泪水。

说周勃"谋反"实在是冤枉啊！

　　为刘氏打天下姑且不论，为刘氏守住天下他周勃可是第一功臣。

　　汉高祖刘邦驾崩前怎么说来？"非刘氏坐天下者，人人得而诛之。"他之所以在遗嘱中强调这一原则，就因为他的天下得来不易：他在"鸿门宴"上差点儿被项羽宰了；他在一次大战中舍了老父亲，为了自己逃命，竟把小儿子也推下车去；他绞尽脑汁、使出浑身解数欺骗"拜把兄弟"、敌人、同盟军、战友和百姓，手上沾满了功臣的鲜血才经营出一片天下，岂能让他人拿去？此其一；在他晚年夺去了非刘氏的"异姓王"的一顶顶王冠后，他又察觉皇后吕氏为其家族正在侵蚀他的权柄，他极忧心他的刘氏江山会落在吕氏手里，此其二。

　　而周勃正是在吕党即将全面窃鼎的非常时期，一举粉碎了吕氏的阴谋。

　　在吕氏擅权的时候，身为丞相聪明过人的陈平不过"徒有虚名"，为避杀身之祸，只有假装腐化堕落，终日泡在酒坛子里，钻进女人的被窝里，从不过问政事。吕后派人探察证实陈丞相确已完全"堕落"，并非"韬晦"装糊涂之后，才放心地夺权。

　　而手握兵权的周勃则急不可耐。这位勇气有余而才智不足的大将军，冒着杀头的危险通过说客去说动和求得陈平的计谋，并与宫廷卫士长刘璋互通声气，在一次宫廷宴会上，一举捉拿了吕党，才使刘氏江山转危为安。

　　吕党覆灭，让谁登上皇帝的宝座呢？周勃掌管全国兵马，实力最为强大，但他从未做过"皇帝梦"。那么，在刘邦的几个儿子中选择谁呢？嫡长刘盈惠帝已死，次子尚存，按理该推次子继位，可周勃和陈平却把三子代王刘恒从边陲请回来坐了天下。

周勃说:"高祖(刘邦)未解决的匈奴骚扰边境之患,派代王去坐镇山西,保住了北方的平安。他有功,又有军事才干。不请他当皇帝,天下如何太平?"

刘璋说:"代王自幼孝敬父母。母亲叫他好好读书,他就刻苦学习;教他宽厚待人,他就处处让着别人;有了错,他就恭恭敬敬站在母亲面前接受教训,而且认真改正。父皇要他放弃皇宫的优裕生活,去镇守边疆,他就老老实实地把边疆守住。母亲卧病三年,他朝夕陪伴侍药,目不交睫,衣不解带……"

陈平接过去说:"孝敬父母者,亦能宽厚待人。让代王登基,无论刘氏皇族还是我们异姓大臣也都放心。而且代王的母亲薄氏也很贤德,即便代王继位后出现什么差错,还有薄氏掌舵正位……"

于是代王刘恒顺利地登上了皇帝的宝座——是为汉文帝。

可现在,汉文帝刘恒却以谋反之罪要拿大功臣周勃开刀了。

对此,不仅周勃本人冤屈得破口大骂,几欲触墙而死;朝野上下也都为之震颤,议论纷纷,但谁也不敢向文帝正面进言。幸而有人想起陈平关于薄太后的评论,就暗中向薄太后陈述了周勃被冤将被处死的案情。

一天夜里,薄太后诏文帝前去侍宴。

文帝自己吃得很少,却不断给母后奉菜。

太后问:

"皇上近来身体可好,何以食欲不振?"

"请母后自己多加保重。儿臣一切都好,只是一时心里有些烦乱。"文帝又向太后奉了一块煨得烂熟的熊掌肉。

"可是为周勃的事烦心?皇上真相信周勃会谋反吗?"

文帝一惊，母后如何知道了这件事？他赶忙离席，垂手，恭恭敬敬地站着：

"请母后训示。"

薄太后说：

"当初，你父皇高祖晏驾后，你皇兄刘盈懦弱，太后吕雉和她的吕氏家族掌握朝政，扰乱朝纲，残害大臣，弄得人心惶惶，差点儿酿成大祸。幸亏周勃联络陈平、刘璋等人一举粉碎了吕氏企图夺取刘氏天下的阴谋，把他们赶下了台，才把你从边陲迎回入主宫廷，君临天下。如果周勃对朝廷不忠，那时他手握重兵，为什么不借此谋反？现在他年老了，早已没有兵权了，他凭什么谋反？而且这案子你认真调查过吗？"

文帝无言以对。只好说：

"母后教训得极是。儿臣一定要认真查明。"

而他在心里却想，周勃这人十分可恶，不杀不能解除他心头之恨。

薄太后锐利的眼睛似乎看出了他的心理。她说："皇上要杀周勃是不是还有别的原因？"

文帝惶悚，连忙躬身，掩饰道：

"没有，没有……"

"嗯？"薄太后严厉地盯住文帝。

文帝见已无可回避，于是委屈而愤激地说：

"不过，不过……周勃这个人居功自傲，粗暴跋扈，倚老卖老……"

"是的，周勃这人是有缺点，脾气大，爱骂娘，还顶撞过皇上你。据说你对他很不高兴？"

　　文帝低下头，老老实实地承认："是的。"他忽又抬起头来红着脸说："现在，在监狱中，他还在骂朕。"

　　"唉，是呀，周勃这人一辈子也改不了他粗暴的脾气。不过……"薄太后严肃地说，"你就计较这些无关紧要的小事吗？自古道，'君仁则臣直'，我一向是怎么教训你的？对人要宽宏大量

嘛！你身为皇帝，一国之主，可不能意气用事啊！如果误杀一个大臣，会伤多少人的心？如果刚愎自用，谁敢批评你的错误？久而久之，那会有什么严重的后果？你想过吗？"

至此，文帝完全醒悟了。他差点儿犯下严重的错误啊！他拭去额上的冷汗，沉痛而诚恳地说：

"母后的谆谆教诲，使儿臣茅塞顿开。谢谢母后，儿臣一定谨遵母训，认真处理好周勃的事。"

"望皇上好自为之。去吧！"太后慈爱地望着儿子。

文帝向太后拜了三拜，才退了出去。

后来，经认真调查研究，文帝发现周勃确系被人诬陷，于是把周勃放出监狱，恢复了他的爵位和领地，并向他诚恳地表示了歉意。

此事后，文帝行事更加谨慎，他更加虚心听取和尊重母后的教训。

秦末天下大乱，接着是数年的楚汉战争；高祖建立刘汉王朝后，对内镇压异姓王的叛乱，对外要抵御侵边的敌国，兵连祸接，田园荒芜。面对如此局面如何制定国策？一些大臣主张严刑峻法，以铁血巩固统治；一些大臣主张扩军备战，以攻为守；而文帝却根据母后的教导，以黄老之术为治国方略，"与民休息"以宽厚为本。他省刑罚，薄税敛，实行三十税一，大大减轻了百姓的负担，让百姓安居乐业，积极发展生产。在短短的十数年中，社会就安定下来，繁荣起来。历史上所谓的"文景之治"，称颂的就是汉文帝和他之后的汉景帝善于治理国家。

汉文帝刘恒治国有方，一生为老百姓做过许多好事，这不能说与他尊敬父母、虚心接受母后的教导没有关系。汉文帝的故事，对我们是不是有所启发呢？

二十一　寻仙天眼洞

　　解叔谦，南宋雁门人，世居山林，靠种田为生。解叔谦年轻时，为治母病历尽艰险，最后终于将母病治好，为此，他的孝名在民间流传很广。

　　解叔谦之母刘氏，晚年得一种怪病，四肢麻木，肌肉萎缩。这种病白天还能挺得过去，到了夜里，便全身抽搐，剧痛难忍。

　　长期以来，解叔谦为母治病，已访遍远近名医，试过各种药方，母亲的病却始终不见好转。这天，解叔谦去山中打柴，见一游方僧人在山中寻路，解叔谦知道此山乃荒山，山中本无路可通，便告诉游方僧人："大师，此乃荒山，并无路径。"不想，僧人听了他的话，却仰天大笑，说："世上只有不知山中有路之人，哪有无路径可通之山？"

　　解叔谦听罢游方僧人的话，当下心中暗暗吃惊，知道自己今日有幸遇上高人了，连忙向游方僧人恭恭敬敬施一礼，并口称自己莽撞，请大师宽谅。游方僧人见解叔谦乃一山中樵夫，却颇知礼仪，心中高兴，便说："老衲今日与施主有缘，今且为施主指一迷津，施主可将所求道来。"解叔谦对游方僧人原本并无所求，因此，听游方僧人如此一说，大喜过望，便将家中老母所患病症以及老母夜不能寐的惨状，一五一十向游方僧人说出来，请游方僧人指一条路，如何才能治好母亲的病。

游方僧人听罢叹道："苦海无边，岂是凡人能渡？"但游方僧人告诉解叔谦，由此西去二千里，有座小孤山，山上有个洞叫"天眼洞"。洞中住一高僧，此僧无人知其年岁，亦不知其法号，"聩且瞽"，也就是又聋又瞎。但此僧却能识得世间百药，并通晓一切疗疾之法，总之，凡世上有的病没有他治不了的。其实此高僧原本不聋不盲，只因自己胸藏秘方仙术之后，这才自废了视听，以免将自己掌握的秘方仙术传遍世人，医绝世间不治之症，坏了天地万物相生相克之根本。自从高僧自废了视听后，再向高僧求医问药就难了。

游方僧人还告诉解叔谦："如汝愿前往，寻访高僧容易，只是要与高僧交流就难乎其难了。高僧眼不能识，耳不能闻，要交流全凭互通于心。人心各有一个，如何得通？这就全靠所求之人心正，心正则气直，气直则行，行则能通。只有与盲僧之心相通了，才能将所求之事传达。"游方僧人说到这里，从地上拾起一根枯枝，随手写出几个字在解叔谦脚下，解叔谦低头一看，见是："心诚天佑"四个大字……

从山中归来，解叔谦将老母托付给乡邻，自备了干粮，便遵照游方僧人指引，出发去小孤山寻访胸藏秘方仙术的高僧。

解叔谦离家之时，正值炎夏，怎奈他为母治病心切，白天顶着烈日，夜晚趁着天凉，跋山涉水，昼夜兼程。渴了喝一捧溪水，饥了啃一口干粮，两千里路程，他行了半月，这天终于来到了有"西之普陀"之称的小孤山脚下。

山势巍峨层百起，

一峰独奇撑青空。

小孤山脚下有座寺庙，庙中供着一条金龙，相传此金龙为当年释迦牟尼说法时的护法金龙。

解叔谦踏进供奉护法金龙的金龙寺，已经是黄昏时分。他向寺中僧人打探高僧踪迹，寺僧告诉他：高僧长居洞内，从不离洞，要寻高僧，须从小孤山北坡上山，方能寻到天眼洞洞口。但北坡小道难行，多悬崖峭壁，需攀藤越壁而上，所幸的是，在悬崖峭壁之上藤萝甚多。从北坡上山顶，便能在山顶的悬崖处见到一棵形似宝瓶的罗汉松，你再顺着悬崖上的石缝爬到罗汉松前，便能见一石洞隐在罗汉松后面。但悬崖上的石缝窄而且滑，人爬上去手脚使不上力，全靠身子紧贴崖壁一步一步朝上移，稍有不慎，便会跌下悬崖，所以务必小心。爬上悬崖后，顺了罗汉松后石洞朝里走数百步，便见到洞中豁然开阔，并有亮光从顶上照下来，此便是高僧长居的天眼洞了。

解叔谦听了，向寺僧深深一揖，反身就向山上急奔，却被寺僧一把拉住。寺僧摇摇头说："我劝你还是三思而后行吧；山路难行尚在其次，只怕你历尽艰险到得洞中，未必就能得到药方。在你之前，已有数人去过洞中，与高僧相守数日，终是无获而返……"

解叔谦心中志忐了。倒不是怕摔下悬崖，为治母病就是跌崖身亡，又有何憾？而是担心最终仍然讨不到仙方，自己这趟辛苦白费事小，母病治不了事大。然而，就在此时，他耳朵里突然响起了游方僧人那响亮的笑声，与此同时"心诚天佑"四个大字似出现在眼前，于是，他再次谢过寺僧，便直奔北坡小道而去。

小道果然难行。名谓小道，实则无道，只依稀可见有进山之人踏过的痕迹留在乱草丛中。一路上，解叔谦依了痕迹而行，行不多远便连依稀可辨的痕迹也断了，出现在他眼前的是一道陡峭的石壁。此时，一弯新月挂在天边，淡淡的月光照在石壁之上，更显得石壁陡峭而嶙峋，令人望而生畏。解叔谦面对石壁，出现在他眼前的却并非石壁之险峻，而是老母辗转反侧在病榻之上忍受痛苦的模样，由此，什么样的艰难险阻在解叔谦面前也就不可怕了。这一夜，解叔谦借着月光攀藤越壁，披荆斩棘，待到东方日出之时，他

已爬到山顶，并在罗汉松后面找到了天眼洞。

洞内很黑，蝙蝠成群从洞内飞出。

解叔谦将早已准备好的树皮火把点燃，一路摇晃着，便朝洞中走去。由于连日赶路，人已十分疲累，加之洞中憋闷，他在洞中走着走着竟不知不觉睡着了。待他醒来之时，人已躺在了高僧身边，树皮火把早已燃尽，只留下了一堆白白的灰烬。解叔谦翻身坐起，伸手摸摸，灰烬早已冰凉，知道自己睡过去的时间不短。

在他身旁，高僧身着黑色僧袍，白发白须白眉，虽看上去形瘦骨峭，却面色红润身板硬朗。此时他正面壁打坐，身旁放一瓦钵，钵中盛着清泉。那清泉是从离瓦钵不远处的一条石缝中渗出，高僧将一竹签插入石缝中，泉水便顺了竹签一滴一滴滴进钵中。

解叔谦见此洞甚宽，洞顶正中有个盆口大的小洞直通洞外，有光亮经此小洞投射进来，圆圆的一柱，将洞中照得明明亮亮。所谓"天眼"便是指此小洞而言了。

解叔谦从醒来时起，便对着高僧长跪不起。虽然他并不知晓与高僧心通之法，但他相信游方僧人"心诚天佑"之说。他只有靠自己为母治病的诚心去打动上苍，但愿上天有眼。

日子一天天过去，"天眼"亮了黑，黑了亮。此时的解叔谦早已将带进洞中的干粮吃尽，整日腹中饥饿难忍。加之在洞中跪得太久，双膝也跪烂了，并有脓水流出来，引得洞中的蚂蚁纷纷朝他身边聚拢。洞中蚂蚁为黑蚁，体大如豆，头上两只嘴钳形如两剑，在伤口处刮一下，剧痛难忍。进洞之前，解叔谦忙于赶路，身上不曾擦洗，进洞后更是连洗手洗脸的水均没有了，唯一一钵泉水，那是供饮用的。因此，解叔谦自觉周身奇臭，加之洞中跳蚤、虱子甚多，且咬人利害，整日里，只觉头上、身上、腋下、胯下，到处有蚂蚁、跳蚤、虱子在爬在咬。

饥饿也罢，蚂蚁咬，跳蚤、虱子叮也罢，承受这些，对解叔谦说来似乎还不是最难的。而在蚂蚁咬，跳蚤、虱子叮，腹中饥饿难忍的情况下，保持身心不为所动，正己心以求与高僧之心相通，这才是最难最难的。

自从干粮吃完之后，解叔谦也和高僧一样，日日靠喝钵中清泉度日，以他这等靠吃五谷杂粮为生的凡夫俗子，怎能与高僧相比，因此，三日下来，他自觉身轻如云，神思恍惚。又过了两日，他周身乏力，双腿已跪不稳，就在此时，忽见高僧笑盈盈朝他走来，他精神为之一振，便跪稳了。睁眼看时，高僧仍打坐壁前，并不曾。又一日，他跪在高僧身后，由于饥饿困乏，竟自睡着了，忽觉高僧过来推醒他，说："汝真孝子也，佛念汝心诚，再延汝母阳寿十年，让你母子同享亲情，回去吧！"高僧说完，将一佛纸递他手中："汝可按此方疗母疾。"解叔谦一惊醒来，但见高僧仍如上次一样，打坐壁前，似未曾动。解叔谦心中狐疑，似又感觉与上次不同，此次醒来高僧言犹在耳，再睁眼一看手里，分明有一张佛纸握着，他连忙展开来看，见纸上真乃书着一方：

丁公藤四两，

墨赤蛇三根；

黄酒浸二毒，

日日饮一杯。

解叔谦看罢手中的仙方大喜，再看高僧仍打坐不动，也不多想，倒头便对高僧连磕了三个响头，起身辞别高僧，便一路小跑出得洞来。说也奇怪，数日不沾饭食，仅靠清泉充饥，此时解叔谦感觉自身并不乏力。

待解叔谦一路风尘赶回家，才知道此方虽药两味，但要配齐，实属不易。方中"丁公藤"易得，"墨赤蛇"难觅。有老药翁告诉他："墨赤蛇身小而毒剧，一条墨赤蛇的毒能毒死一头牯牛，因此，连捕蛇人都不敢捕他。"

解叔谦老母得知自己儿子要去捕墨赤蛇，便哭着对他说："儿呀，为讨药方你历尽艰辛，已使为娘心中不忍，你若再去冒险捕毒蛇，当娘的只有先死以绝儿念。"说到这里，便要用头去撞墙壁。解叔谦见了，连忙跪到床前，对娘哭诉道："母有病当儿的不为母治病，有何面目活在世上？既无面目活在世上，儿唯有一死以谢不孝之罪。母忍心让儿愧死于不孝之名吗？"解叔谦说完，哭着请求母亲："如果母亲让儿去捕墨赤蛇，纵然是被蛇伤，死则死于孝名；如上天保佑儿不死，捕回墨赤蛇来治好母病，让儿侍奉母亲，颐养天年，岂不甚好！"

老母见儿子捕蛇之心已决，唏嘘不已，只好说："我儿小心……"

果然是"心诚天佑"，解叔谦并非捕蛇人而能捕回连捕蛇人都不敢捕的墨赤蛇，而且是三根，真是奇迹。

墨蛇藤酒最终治好了解叔谦母亲的怪病，后来果如高僧所言，解叔谦老母康健舒坦地又活了十年，无疾而终。

二十二 搬砖不建房

　　黑沉沉的东方刚刚现出一抹鱼肚白，窗户上微微映着一点亮光，陶侃睁开沉重的眼皮，掀开被子就下了床。他开开门，一股冷风袭来，禁不住浑身瑟缩，啊嚏——一个响亮的喷嚏，惊动了树上的鸟儿。它们扑棱了一下翅膀，又钻进温暖的窝里，酣酣地睡去。沿墙栽着的树木，黑翁翁地一团一团，分不清枝枝桠桠；地上厚厚的一层霜花倒稍稍反射出一点亮色，它们在脚下不断发出唧咕唧咕的呻吟，似埋怨头上的疯子惊扰了它们正凝结着的美梦。

　　陶侃一边绕着院墙奔跑，一边振着肌肉鼓鼓的两臂。鼻腔里呼出一股股热流，冲击着院子里的冷气，很快又溶了进去。身子骨活动了，薄薄的白裌裤也不大感到风凉了，他开始了一天的功课。

　　一匹，两匹，三匹……，一摞黑乎乎的砖头，足足六十斤重，陶侃一次次、一摞摞从室内把它们搬到院子的尽头，沿墙根码得整整齐齐。他一回回地搬运，搬了数十百回，几百匹砖把院墙根遮了一大片。

　　他是要修房造屋吗？

　　天擦黑他把砖头又一摞摞搬进屋，码在屋角原处，搬得院墙下的砖头一块不剩。直到浑身冒汗，他才点上灯，摊开一卷发黄的线装书，脑子飞快地转动起来，而手脚终于安闲了。他腰背挺直，眉眼低垂，聚精会神像一个默默诵经的和尚，直到更夫敲响三更的竹梆……

古代的人大多老死难出村镇，故见世面少，即如文州府城的市民，也容易大惊小怪。衙役茶余饭后，往人堆里一站，为显示自己与众不同，见多识广，把他们的府尹陶爷的"早晚功课"吹得离奇怪诞，嘴角流涎，一个个都莫名惊诧。

"他不嫌麻烦么，累么？"

"嫌麻烦？累？我跟他十年了，他天天这样。"

"你们咋不帮帮他呢？"

"帮他？你起得那么早，睡得那么晚吗？"

"嗨，搬砖不修房子，我没见过。"

"谁又听说过了？"

待衙役带着满身的"尊敬"离开后，市民们交头接耳：

"怪事！"

"怪人！"

"来这么个新太爷，文州府怕有好戏看了……"

文州府是个赌城，斗鸡、走狗、掷骰子、打长牌，男女老少齐上阵，衙门里的官吏差役更是身先士卒，领衔主演。

可是有一天，府衙上上下下全部被叫进大堂，站得整整齐齐。一个个惴惴不安地伸着颈项，张着嘴巴，望着背着手在堂上来回疾步的新府尹，不知又有么子"怪事"要发生。

陶侃终于在文案前停住了脚，可脸黑得可怕，眼珠子瞪得吓人：

"这文州府城是个什么鬼地方！嗯？吃喝嫖赌，走狗斗鸡，闲汉街边逛，百业无人问。这是什么民风！嗯？"陶侃一个个指点着，"你，你，你，还有你，为什么天天迟到早溜，一个个又都萎靡不振，晚上打牌、掷骰子、逛窑子去了吗？嗯？"

陶侃的巴掌在文案上拍得山响，威严而宏亮的声音在大堂内震荡。属吏们垂着手，埋着头，不敢仰视，不知祸事是否要落到自己的身上。

陶侃总算冷静下来，语气也渐渐和缓了。

"有人说我陶侃是个'怪人'、'疯子'。本府到任才半个月，有人就编上了打油诗，你们谁知道？"

大家都噤若寒蝉，唯独那个肯与"群众"打堆堆的衙役，在后面举着手说："老爷，我晓得！"说着，便跑到陶侃的面前一本正经地背起来：

> 搬砖不造房，早晚瞎白忙；
>
> 城乡到处遛，一路啃干粮。

"老爷，小人背对没有？"背完后他认真地望着"老爷"，等着奖赏。听陶侃说"嗯，不错"后，转身向众人嘻嘻一笑，才回到他的行列。

"这首打油诗是什么意思？嗯？"

受到那位衙役的鼓舞，师爷忙站出来说："这首打油诗虽然出自下里巴人之口，有'打油'的味道。"见有人偷偷地笑，他瞪了一眼，"这是民谣，民谣说出了老百姓的心里话。'城乡到处遛'嗯，这个'遛'字用得好，下雨天田坝头怎么不'遛'呢？可我跟老爷不怕'遛'，这是歌颂老爷上山下乡，遍访民情，赈饥救灾，勤政爱民嘛！'一路啃干粮'，这个'啃'字更用得妙，干馒头不啃咋个咬得下来呢？这是歌颂我们老爷抓紧办事，没正儿八经坐下来好好吃顿饭，艰苦朴素嘛！不过，不过……前两句我弄球不懂。那个'瞎'字用得很不妥当，我们老爷'明镜高悬'，怎么'瞎'了呢？搬砖不造房，干吗？不造房又何必搬砖？简直是胡闹！我们老爷搬砖，就是要修房子嘛，老爷新到一个地头是该把房子修葺一新嘛，怎么是'瞎白忙'呢？众人说，对不对？"

"对。"

"对对！"众人都抢着说。

"不对！"陶侃一声喝断，"我陶侃要整修房子吗？早晚搬砖，我一则是要锻炼身体，二则是为养成勤劳的习惯。这是我母亲从小就教我的。她老人家说，'像大禹那样的圣人，还珍惜每寸光阴，我们普通人哪能懒惰自弃呢？懒惰只能让人——生，无益于时；死，无闻于后'。数十年来，我陶侃牢记母亲的教诲，从不敢有一刻懈怠。可你们就不理解了，这文州人说我'怪'了，岂有此理，这是少见多'怪'！"

最后，陶侃语重心长半规劝半批评地对大家说：

"你们有些人聚赌吃喝，无所事事，与无业游民有什么两样？身为府衙官吏，就应该为百姓多做实事；闲暇之余，何不多读典籍，勤勉自励，为什么要去泡赌场，逛妓院，自甘堕落？上行下效，我看这文州府民风不正与你们大有关系！本府决心已定，一定要彻底整治这文州的民风，首先从我们衙门里整起。明天你们把赌具拿到这里来给我统统烧掉，后天就给我到处张贴告示，严禁赌博。违者，严惩不贷！"从此，文州城长期以来形成的赌博风、吃喝风、游手好闲的官风和民风逐步消除了，文州人再也不说刺史老爷"怪"了，农村连年丰收，城镇也一天天繁荣兴旺起来。

后来，陶侃调任江夏太守。

江夏地处长江中游，若干年来，水贼横行江上，抢劫财货，杀人放火，商旅不敢过往，百姓无法安居。

陶侃一到江夏，江夏的绅商百姓，就联袂前来哭诉：

"久闻大人盛名，大人来我江夏驻守，是我江夏百姓三生有幸呐！大人一定要救救我们……"

"请转达父老乡亲姐妹放心吧，为官一任，保一方平安，这是地方官的责任。我陶侃决不辜负江夏百姓的厚望！"

但当他刚刚开始操练水军的时候，一天半夜，灯火摇曳，一把匕首嗖的一声钉上了他书房的墙壁，穿在匕首上的一张纸条写道："×月×日，请太守长江一游。恭候。卧江龙。"这自然是水贼卧江龙公开向他挑战了。

陶侃冷笑一声，推开窗户，大声向外面吼道："有贼胆的就进来一叙。……不愿进来吗？那就转告你们的卧江龙，叫他等着我江夏太守陶士行，我陶士行祖籍九江，也是在长江里泡大的。"说着砰的一声关上窗户——细细地察看窗纸上留下的一个大洞。觉得洞破得太宽，足见飞镖的武艺平凡。

陶侃日夜训练水军，整治战舰。

哪里有什么战舰？只有货运的官船。好些属员出来劝阻，说不能把向京城运粮的漕船改成战舰，说如果灭不了水贼，又误了漕运，皇上怪罪下来如何是好？

陶侃拍着胸膛说：

"剿贼、漕运两不误；如皇上降罪，自有我陶士行一人承担！但如有人畏贼如虎，消极怠工，甚至设置障碍，那就瞧瞧我的惩治手段。"

要剿灭水贼实则不易：一则水贼横行江上多年，十分凶顽狡

181

猾；二则水贼在地方上盘根错节，民匪难分，官匪难辨；三则百姓痛恨水贼，却又怕得要命。最难办的是水贼一遇战败，很可能顺江而下或溯流而上，你打他退，你疲他袭，前任几届太守都拿他们无可奈何……

　　为此，陶侃凭着他的声望请求下游九江、上游宜昌的支持；在组建操练水军的同时，动员和组织起军民联防。杀了两个与贼勾结的官吏，抓捕了十多户盗贼的窝主，大张旗鼓准备与水贼开战。

　　两个月来，他席不暇暖，食不终饱，人都瘦了一大圈。

　　但水贼迟迟未曾露面。怎么办？陶侃又筹集资金，抓紧营造了几十条货船，保证了漕运。

　　又三个月过去了，水贼实在受不住了，只有派人前来谈判，要求放他们一条生路，他们将借道前往三峡，再不骚扰他的辖区。陶侃断然拒绝。

　　冬月十九日深夜，陶军分两路突然出击：一路东下与九江军夹击，一路西上与宜昌军夹击，同时沿江各县民团一齐出动，十天十夜激战，缴获贼船三十五艘，捕获水贼三百余人，又连续搜捕月余，水贼无处藏身，几乎全部剿灭殆尽，唯贼首逃脱。腊月廿九，在夏口押贼游街示众后，斩首一百零五人。从此，自宜昌到夏口到九江，航运畅通无阻，沿江城镇的商业迅速繁荣起来。

　　又两年一个深夜，陶侃正在灯下观书，一个蒙面人破窗而入，砍伤了陶侃的左臂。贼子虽然武艺高强，但哪儿是陶侃的对手。三招未过便被擒获。这蒙面人便是潜逃的贼首卧江龙。卧江龙被解押至京前自认倒霉地说："谁叫我遇上了陶士行呢？"

　　陶侃剿灭水贼有功，朝廷嘉奖，他接受了，而夏口绅商百姓大摆筵席庆贺，他不去，为他挂功德匾、维修官邸，他一概拒绝。

　　后来他升任八州都督，有一位官员为了谋求刺使之职，用万两黄金贿赂他，他严加斥责，并上表罢了那个倒霉蛋的官。

　　陶侃为什么能如此勤政爱民、清正廉洁呢？原来陶侃的母亲是一位知书达理、教子有方的不凡女性。陶侃自幼便受到母亲良好的熏陶，也非常孝敬他的母亲。在他初入仕途做本县的属吏时，曾就监收渔税之便，给母亲带回一筐鱼。不料母亲大为生气，叫退了回去，并写信严厉地教训他道："吃皇粮，办公事，岂能徇私？如果你借职务之便再受百姓一钱一物，你就不是我的儿子，我也不是你的母亲……"

陶侃终身不忘母训，遂成就了大事，先后做过县令、太守、八州都督、太尉，还被封为长江郡公。传说这位孝敬父母、勤政爱民、忠于国家的典范还羽化登仙了呢！

在他弥留之际，忽见父母双双站在他的面前微笑着对他说："士行，你一生忠孝两全，未负父母的教诲愿望，是我们的好儿子啊！"陶侃慌忙跪拜，已不见父母的身影，却见一对仙鹤飞出门外，冲天而去。"爹爹——母亲——"陶侃呼唤着，蓦觉自己身轻如燕，倏忽间也变成了一只仙鹤，追随父母于后，升天而去了……

二十三　热血融坚冰

　　有些当继母的女人，她那狭窄自私的心呀，只能容纳亲生的儿女，对非亲生的前妻之子，则天生排他之心，痛恨切齿，必欲逐出家门乃至虐待致死而后快。

　　晋朝山东临沂有个女人，人称"朱氏"，大名已不可考，但作为"继母"，她倒是远近闻名，以至"彪炳史册"，否则我辈岂能知晓她的那些轶事？

　　这女人脸蛋儿漂亮百里挑一，且善搔首弄姿，更有一种手段能遮掩丈夫的眼，蒙蔽男人的心。

　　这朱氏，自填房之日起，便视丈夫前妻之子王祥为眼中钉，肉中刺；待自己生出孩子王览之后，更把王祥看成"多余的人"，一天不虐待他一次，便觉空虚、烦躁，难受得要命。

　　而王祥呢？"麻木"得近乎有些"傻气"。继母眼风之辣、口气之酸、手段之狠，他竟视若无睹，听若无闻，受若无惊。仿佛天下之为继母者就该是这副圣像、这副心肠。他对继母十分亲近、孝顺，甚至像后世之光绪尊称慈禧一样，恨不得能叫她一声"亲妈"、"亲娘"、"亲老子"。

　　不过王祥一点儿也不是"贱种"，他的生母可是一位知书达理、美丽端庄、贤德高贵的夫人。生母留给他的唯一遗产，便是博大的胸怀、淳厚的仁爱之心；留给他的遗训之精髓，便是侍继母如生母、孝后妈即是孝敬父亲。

王祥谨遵母训，任生母的真善美、后妈的假恶丑、父亲的瞎聋昏，都一股脑儿包揽进他的胸怀。继母赏他吃酸、苦、辣——没有"甜"，他就吃酸、苦、辣——也不奢望"甜"，而且"甘之若饴"，既不腹诽，也不怨恨，更不抗议。

一个嗜虐狂，一个受气包，于是便上演出一幕幕家庭喜剧。

有一年，院子里那棵核桃树结出了丰硕的果实。王祥自然可望而不可吃，但继母要他看守不许落下一枚。于是王祥便成了忠实的护果神。他日夜看守着，还干脆把铺盖卷儿搬到树下，仰起脖子，鼓起眼睛，数着核桃的个数，心里还不断默念：

> 果儿果儿，生个手儿；
>
> 抓住枝儿，勿下跳儿。
>
> 果儿果儿，长个根儿；
>
> 系住桠儿，莫下掉儿。

可是天不作美，到他守护的第三天深夜，突然起了一阵狂风，核桃们如雹子一般砸下，砸得他鼻青脸肿。他慌了神，直向核桃树高声大诵"果儿果儿"，可核桃树仍疯狂地摇摆着；他万般无奈，无计可施，只有放声痛哭，以求老天的保佑。说也奇怪，风，仍向核桃树猛扑，可核桃树却像一位英雄岿然挺立，连枝叶儿都没再颤动一下，又像文静的母亲，核桃们也就安宁了，一个也不离开她的怀抱了。

然而毕竟已落下了百多颗。王祥用撮箕装起来，端在手里，不知所措。他等待又一场风暴的来临。等着等着，他竟倚着核桃树睡着了。

日上三竿，朱氏打着呵欠，伸着懒腰，来到阶沿前，视察她的果树。蓦然见王祥怀抱大半撮箕核桃，便惊呼起来：

"你个砍脑壳的呀！你趁老娘睡觉，就打下这么多核桃，你偷吃了多少？说！"

她揪住王祥的耳朵，把他拖了起来，接连又是几个耳光。

王祥也不分辩，他满脸羞愧地说：

"妈，孩儿无能，可你千万别生气，伤了身体。孩儿这就给你老人家送进屋去……"

朱氏还不依不饶，又扬起巴掌，可被亲生儿子王览拉住了：

"妈，昨晚吹大风，别冤枉哥哥嘛……"

"谁要你多嘴？他是个贱骨头，哼！"

她一把把撮箕拖过去，放进王览怀里：

"去，去剥了吃！"

王览咬住嘴唇，见哥哥受屈而不分辩，心中一酸，手一松，撮箕掉了下去，核桃滚了一地……

朱氏是只馋猫，树上长的，天上飞的，河里游的她都要吃。王祥也就想方设法讨继母欢喜。

他做了一只弹弓，打下两只黄雀，拔毛，剖腹，烤黄，给继母送去。

"好香！"她吃得抿嘴儿地笑。忽地她眼睛一翻，"就这两只，嗯？"

"妈，你喜欢，孩儿又去给您老人家多捉一些。"

次日，王祥在山坡上转悠，见黄雀在树上跳来跳去，吱吱叫着，却无意下地。主意有了！

187

他捧来一些糠壳洒在地上，用把筛子反扣在上面，折一段小树枝把筛子一端撑起来，树枝下端系着长绳，他小心地拖着长绳，绷直，躲在一座山石的背后。

黄雀们在树上观望着，观望着，有只胆大的终于飞了下去。它绕着筛子跳了两圈，见四下无人，又用嘴壳子试探着去啄那奇怪的绳子，见仍无动静。然后扬起头，对着伙伴们吱吱地叫着，于是一群黄雀从树上扑到地面，但总与筛子保持一定的距离。第一只黄雀向伙伴叫着，似鄙夷地说：你们都是些胆小鬼！看我的。它又身先士卒，勇敢地钻进筛子下，饶有兴趣地啄着糠壳。接着又一只黄雀钻了进去。其余的尽都逡巡而不敢前。王祥无奈，捕两只再说，他把绳子一拉，两个勇敢的黄雀战士，就成了他的俘虏。而其余的黄雀，扑棱棱一声，惊叫着，射向天空，直到中午，再没见一只黄雀的影子。下午，王祥连换了几个地方，还好，又捕到了两只。可当他把烤香的黄雀端去继母的面前，继母一见就撇嘴：

"就四个，嗯？你是要把老娘的馋虫逗出来是不是？说，你吃了几只？"

王祥不正面回答，只说：

"妈，孩儿明天一定给您老人家多捕几只……"

"谁再吃你那臭狗屎？去去去，去给老娘弄两条鲜鲤鱼回来！"

王祥无声地走到河边。他犯傻了。正值严冬，冰冻三尺，把河塘封得严严实实，怎么才能把鲤鱼弄上来呢？

这时王祥已长成一个壮小伙子了，他有的是力气。他搬起一大块石头向冰上猛砸，石头滑去很远，冰上却只留下一些白印。没办法，他又用铁镐猛挖，可挖了几百下，挖得手臂都酸麻了，浑身大汗淋漓，没一点力气了，可坚冰只飞起一些冰屑，却完全没有破裂的意思。

　　王祥又累又饿，双腿一软，一屁股坐在了冰上。坐着，坐着，时间长了，他觉得屁股冰凉，凉得透心。他用手一摸，裤子都已被水打湿了。他慌忙站起一看，怎么，他屁股坐处，竟出现了水？他心里一激灵，对，不如卧在冰上，说不定能熔化一块冰。于是他脱下棉衣裤，直挺挺地卧在冰上。

　　幸而天上还有一点太阳，虽然惨白，受光的一面总还有一丝丝热气。于是，他一会仰睡，一会儿俯卧，身子覆压之处，居然出现了一个人形，人形内还积了薄薄的一层水，水里还有一缕缕热气散发出来。王祥的衣服湿漉漉的，但却有了一线希望。

　　可是太阳下山了，顺着河道又刮起了冷风。王祥浑身冰浸，颤栗不止，牙齿上下磕动，但仍坚持着，坚持着，把身子紧紧压在冰上。

　　王览放学回家，路过河边，远远见一个人卧在冰上，觉得奇怪。走拢一看，惊得呆了。他想，娘又在折磨哥哥了，心里十分难过。

　　王祥说："哥哥没有受罚，哥哥是想捉两条鲤鱼让妈补补身子。"

　　王览不听，他一定要把哥哥拖回家去。可他才十一岁，怎么也把哥哥拖不起来。

　　他叹了口气，咬咬牙，把书包一扔，脱了自己的衣服，和哥哥并卧一起。

　　王祥急了。弟弟冻坏了怎么办？他翻身起来用力拖弟弟走。弟弟赖在冰上，又哭又闹，说："你再赶我走，我就告妈，说你打我，你敢吗？"

　　王祥自然不敢，急得眼泪冒了出来。弟弟王览乘机卧到王祥卧的那一块冰上，说：

"哥哥,你身上一定没有一点热气了,怎么还能化冰呢?我们不如轮流着卧冰,你说好吗?快把棉衣穿上吧!"

这样,王祥、王览两兄弟轮流卧冰——自然王祥卧的时间长一些——他们的身子向冰里越陷越深,冻得僵硬,几乎与冰凝在了一起。

快上灯的时候,王祥突然觉得冰里的水热起来,烫起来,他不但不觉得身上发冷,简直像在热水里泡着一样。过一会儿,又听到咔嚓咔嚓的裂冰声。他正要爬起来,却一下没入了冰水里。

王览急得在冰上大喊大叫:"救命啦! 救命啦!"

王祥只觉得冰水刺骨,钻心。他在黑暗中游着,摸索着,身子渐渐僵了,脑子渐渐模糊了,可要捉住鲤鱼的意识十分执着。不知过了多久,他眼前忽地一片光明,河水晶莹透亮,一只只鲤鱼在蓝漾漾的水里悠闲自在地游来游去。但他的身子麻木僵硬,挣扎着,怎么也不能接近它们。万般无奈,他又念咒语:

> 鲤鱼鲤鱼,游来这里,
>
> 送给母亲,补补身子。

鲤鱼们听了他的咒语,瞪着眼睛,待着不动了。其中两条大鲤鱼呀着嘴儿也唱起了歌儿:王祥孝亲,受苦若此,就随君去,成全了你。

两条大鲤鱼,一边唱歌,一边游进他的怀里,而且像托着他的身子,把他带到了冰窟窿口。王览站在冰上,见哥哥的脑袋冒了出来,急忙把他拖了上去,同时见两条活鲜鲜的大鲤鱼从他的腹下跳了出来,青白的鱼鳞中,射出一道道红光,在暗夜里闪闪发亮。

兄弟俩穿上棉衣,提着鲤鱼,欢欢喜喜往家里走去。可刚走几步，王览说：

"不行，哥哥，你先回去。"

"为什么？"王祥不解，"你再不回去，病了怎么办？"

"哥哥，你就一个死心眼儿。这么晚，我同你一道，妈妈见了，一定会怪罪你，打你的。"

王祥笑笑：

"好弟弟，挨几下打有什么关系？"

"不，不行，每次妈打你，我都想哭。你先走吧！"

王祥无奈，他说：

"那，我先回家，马上又跑回来接你。"

王祥回到家，见父亲在院坝头走来走去，继母指着他的鼻子又哭又骂：

"你个老不死的，儿子没回家你也不管啦！要是有个三长两短，老娘也不活啦！"

王祥为父亲难过。父亲已卧病三天，哪儿能出门呢？

他说："妈，你别急，快把鲤鱼拿去，我这马上就去找弟弟。"

朱氏一掌把鲤鱼打在地上，气急败坏地骂道：

"你个砍脑壳的，存心气老娘是不是？不找回我的孩子，我就要你的命！"

王祥不说什么，回身便向河边跑去……

两兄弟一同回到家里。

王览向父母说，他回家的路上突然头晕，一骨碌栽进沟里，就爬不起来了。要不是哥哥找他，他肯定就没命了。

朱氏一边把王览抱到床上，用三床被盖把他裹得严严实实，一边哭着念叨：

"我的宝贝呐！我的心肝呐！以后可要小心呐！你要有什么……什么……妈妈不想活呐！"

王览说：

"妈，没事儿嘛，我看哥哥浑身滚烫，怕是病了呢，你去看看他嘛！"

"胡说！一个贱骨头，生什么病？他病死了才好呢。"

王览把脸埋在被窝里，一声不吭，一时间对母亲竟恨了起来。

王祥把鲤鱼烹好，高高兴兴地给父亲、母亲和弟弟端了去。他一口未尝。他觉得身上发热，头有些晕，便下去睡了。

王祥病了，昏沉沉躺在床上，三天三夜，水米不进，朱氏非但不看护他，反而成天骂不绝口：

"懒骨头，贱骨头，你装病，你装死，死就死吧，死了活该！"

父亲听了，肚子里窝着一团火。但他自顾不暇，只有叹气。哪辈子造的孽啊，娶了这么个泼妇。想起已故的前妻，想起王祥受的苦，他那干涸的眼里噙满了泪水。

王览恨他母亲，也不怕她。任母亲怎么骂，怎么哭，怎么哄，他就是不上学，他一直留在哥哥的身边，照看他。

一天，他见她母亲突然对哥哥关心起来，关心得有点反常，她竟从镇上去抓了副药回来熬好，亲自送到哥哥面前要他喝。他心中疑惑。他一手夺过碗，他故意大声说："哥哥已退了烧；我病了，我来喝！"说着就做起架势，仰头往口里灌。朱氏吓得脸青面黑，"喝不得，喝不得呀！"她一掌把碗打到地上。地上立即冒出了股股白烟……

王览完全明白了，他气得大哭起来：

"你，你，你要毒死我哥哥？毒死我哥哥……"

父亲在隔壁听到了，他悲愤得浑身颤抖。不知哪来的力气，他下了床，踉踉跄跄走到朱氏面前，伸手就掴了她几个耳光。

"你，你，你这个狠毒的婆娘，你，你给我滚，给我滚！"

"滚就滚！"朱氏跳起脚又泼又骂，"谁稀罕你这个老不死的！"

"'最毒不过妇人心'……没错……最毒不过妇人心。这，这个家，不能有你，有你，就要家破人亡……人亡……"

朱氏见老头子真气坏了，便又害怕起来。她傻了，呆了，一句话都不敢再说。这个家虽不算富裕，但必定还有一些产业。她能滚到哪儿去呢？而且她将失去览儿，失去一切。

王览不想理他母亲。王祥从床上爬起来，他跑到父亲面前苦苦哀求。他说都是他的过错，千万不能赶母亲走。他愿意暂时离开家，等母亲气消了他就回来……

父亲一把抱住王祥："儿啦……爹糊涂，爹苦了你了！爹不能放你出去，爹不能再对不起你死去的母亲……"他绝望了，他不看朱氏的脸，指着大门冷冷地说，"我们夫妻已经恩尽义绝，你走，你走吧……"

王祥一把将兄弟拉过来，一起跪在父亲面前求父亲宽容。父亲老泪纵横，抚着两个儿子的头，好一阵才说："那就暂时留下吧……"

朱氏也慢慢悔悟了，她逐步改变了对王祥的态度。

朱氏得了眼病，差点儿瞎了。王祥听说鹿奶可以医治，但世上买不到。他就披着鹿皮，扮成鹿类，跑进深山，混进鹿群，寻机挤到一瓶鹿奶，敬奉继母，朱氏的眼睛终于治好了。从此，朱氏彻底改变了对王祥的态度，视王祥如己出，比对亲生儿子更好。一家人过得十分和睦。

王祥的孝名，传遍徐州府，刺史吕虔聘请他做了别驾。王祥对谁都怀着一片赤诚的仁爱之心，为老百姓做了许多好事，民间传诵着关于他的民谣：

> 海沂之康，实赖王祥。
>
> 邦国不空，别驾之功。

后来又相继做了魏国的太尉和晋朝的太保。他提携兄弟，王览也做了大官。王氏家族遂成了江南一带著名的望族。

二十四 严冬生春笋

　　三国时期，江夏（今湖北省武昌市）有个叫孟宗的少年，读书十分勤奋。为了求得渊博的学识，他要到远方去游学。临行前，母亲为他特别缝制了一床又宽又厚的被褥。孟宗不解地问："母亲，孩儿个头小，哪儿需要这么宽大的被褥呢？"母亲说："孩子，你要去读书的书院，听说不少是穷苦人家的后生，你为什么不可以让他们与你同盖一床被子呢？同学间团结友爱，互相学习，耳濡目染，潜移默化，有助于你学业的上进、品德的培育啊！你到远方游学，不就是为了访求良师的指教，结交更多的良友，互相切磋学问吗？"

　　孟宗牢记母亲的教诲，在外游学两年，尊敬师长，友爱同学，学问品行果然大有长进，成了书院里品学兼优的好学生。

　　有一天，孟宗得到家信，说母亲病重，于是辞别师友，连夜赶回家乡。见母亲躺在床上，面黄肌瘦，孟宗十分难过：母亲病重，我远游他乡，未能在母亲身边侍奉，是孩儿不孝啊！他下定决心，一定要报答母亲的养育之恩。于是他请来远近名医，自己又日夜守候在母亲身旁，亲自为母亲侍奉汤药，母亲的病竟一天天好了起来。母亲想吃饭了，又特别想吃鲜竹笋。

　　可是正值严寒的冬天，哪儿去找新鲜的竹笋呢？

想着想着，孟宗不觉走到了屋后。屋后山坡上两百米内，密密麻麻长满了斑竹。这些斑竹，年年春天，每下一泼春雨，都要从竹根下冒出多少春笋啊！母亲最喜欢吃这些鲜嫩的春笋。可是现在，虽然一丛丛斑竹在寒风中依然挺拔刚劲，竹叶儿青青的也颇有生气，但竹根处却铺满了枯叶，孟宗用手刨了几十丛斑竹，也没有见一根笋尖尖儿。找呵，找呵，孟宗在竹林里找了三天三夜，由于过度疲劳和失望，竟一头栽了下去。头埋进枯竹叶里，眼泪淌在枯竹桩下，他昏昏沉沉，迷迷糊糊睡了过去……也不知过了多久，孟宗仿佛听到，耳边有细若游丝却清晰可辨的声音响起：簌簌簌簌，是天降甘霖？喳喳喳喳，是春笋拔节？一霎时，这里那里，成千上万根竹笋，从竹根下竞相冒了出来。孟宗大喜，抬头四顾，竹林下依然是那些枯竹叶儿，朽竹桩儿，他重又陷入了绝望。可耳边依然响着簌簌嚓嚓的声音。原来是一只"竹牛"！那竹牛在枯竹叶下钻去钻来，时隐时现，像一只灰色的猫。孟宗想，这竹牛是吃竹笋长大的，皮肉鲜嫩，营养极其丰富，如果把它捉住，清炖起来，敬奉母亲，比吃鲜竹笋不是更有利于母亲身体的康复吗？

孟宗从地上一跃而起，向竹牛扑去。可那鬼精灵一蹦蹿去老远。孟宗紧追不舍，竹牛奔跑不停；孟宗驻脚喘息，竹牛伏地装死；眼见抓住了它的尾巴，可一下又和他拉开了距离。追呵，赶呵，不知翻过了多少山，越过了多少沟，孟宗身上越来越热，热得汗水打湿了衣衫。他脱光衣服，仍汗流浃背。蓦然，那鬼东西无踪无影了，眼前却出现了一个小小的湖泊。湖水上面热气蒸腾，原来有几眼依山而流的温泉，汩汩，汩汩，直向湖里喷着热水，湖泊环山一面密密麻麻长着几丛斑竹，斑竹枝叶繁茂，青翠欲滴，遮掩了大半个湖泊。孟宗急忙跑进竹林，向竹丛根上一看，啊，竹笋！一棵，两棵，三棵，足足有十棵，每棵竹笋都只半尺高，却长得十分粗壮。孟宗掰下一棵，剥开棕色的皮，便现出又白又嫩的笋肉，一股清香直扑鼻子。孟宗高兴得又蹦又跳：天可怜见啊，母亲，孩儿为你找到鲜竹笋了！

　　孟宗把十棵竹笋全都采了回去。三天后来到温泉，又见有十棵竹笋长了出来。就这样采一批长一批，两月过去，母亲完全康复了，而且比以往更见年轻，更见精神。

　　冬生竹笋从此传为美谈。人们还说这是因为孟宗的孝心感动了上天，上天才让那鬼精灵的竹牛帮助孟宗，成全了他传颂千古的孝行呢！

　　"严冬生春笋"，奇；"盛夏结坚冰"就更奇了！

　　汤霖是个快乐的孩子，与母亲相依为命；精灵憨厚，再穷再苦，他成天都乐呵呵的。

　　每天他都要骑在牛背上，赶着几只羊，到山林里去放牧。一支竹笛横在嘴边，从那小管管里不知流出过多少动听的乐曲。树上的鸟儿跟着歌唱，山坡上的羊儿随着乐曲跳舞，汤霖有时快乐得大喊大叫："呵——呵——"，山林也跟着："呵——呵——"地响了起来。

　　可汤霖这几天却闷闷不乐。站在山间一个堰塘前，愣愣地发呆。太阳用他的烈焰烤着他光光的脑袋、光光的脊背，他似乎没一点儿感觉，眼睛一眨不眨地盯住那洒着万点银光、冒着腾腾热气的池水。原来他是在梦想这盛夏的池塘结冰呢。

　　汤霖的母亲得了热病啊！躺在床上已三天三夜。周身滚烫，嘴唇干裂，心里如火烧火燎。终日昏昏沉沉，不断发出呓语，有时大声惊叫："火！火！大火烧着山林啦，烧着我的衣裳啦！""太阳！把太阳赶走哇！太阳把我的心都烤焦呐！"

　　汤霖守在母亲身边，为母亲难受得直哭，请来医生吃了药，母亲的病却没一点好转。这天早晨，天气稍稍凉爽一点，母亲总算从昏热中清醒了过来。"霖儿，你也受苦了。"母亲吃力地说，"可我这病，吃药怕是治不好的。只有找到冰块吃下去，才能退热，病或许能好；要是找不到冰，恐怕我就没有指望了。可现在正是三伏天，哪里去找冰呢？我死了，到地府和你爹爹见面，我当然高兴，可是放心不下孩儿你一个人活在这世上遭罪啊！"说着又昏了过去……

汤霖站在池边，承受着火辣辣的太阳光的烘烤，嘴唇干裂，背脊上起了一层又一层焦皮。"老天呵，汤霖愿意为母亲受苦，你发发慈悲吧，救救我的母亲呀！你快让池水结冰呀！"汤霖仰天大呼，可天上的太阳仍像燃烧的火球，不断向大地喷着毒焰；汤霖跪地祈求，可池水依然泛着银光，冒着热气。一向倔强的汤霖终于撑持不住，抱头痛哭起来，哭得好伤心，哭得好凄惨，哭得牛羊为他低头落泪，哭得天上蓦然奔来一团团乌云。一霎时天昏地暗，忽又一道闪电像利剑一样劈开乌云，"咔嚓！""咔嚓！""咔嚓！"惊雷隆隆滚动，震撼着大地，山林。"唰唰唰唰"，"哗哗哗哗"，大雨倾盆而下。紧接着池塘里发出乒乒乓乓的巨响，只见水花四溅，顷刻之间，池塘里便装满了一块块斗大的冰雹。

汤霖初是惊骇，后是狂喜。这场冰雹奇怪得很，既未打坏庄稼，又未伤到人畜，像老天对着池塘倾倒一样，连跪在塘边的汤霖都未伤到一根毫毛。

汤霖狂喜之余，急忙抱了一大坨冰雹回家，敲了一块放进昏迷中的母亲口里，让它慢慢溶化。随即又返回池塘，池塘的冰雹已化结成了一块大冰，雨过天晴，那池冰闪着明亮而柔和的光。全村的人都来了，都说是上天对汤霖儿的悲悯。大家一齐动手破冰，有的搬运回自家屋里降暑，有的帮汤霖搬运回家，码在汤母床榻的周围，还特地挖了很大很深的一个地窖，把剩下的冰块收藏起来。不多时，屋里暑气全消，清清凉凉，汤母睁开了眼睛，清醒了过来。

汤霖连忙把一杯刚刚融化的冰水，慢慢喂进母亲的口里，母亲一激灵，骤然感到一身清爽，不觉翻身坐了起来：

"霖儿，哪来这冰凉的泉水呀？"

"娘，这是冰水呀！"

"冰水？哪来的冰？"

"池塘结冰呐！"

汤霖把他如何祈祷，天上如何下冰雹，池塘如何结冰块的经过向母亲讲了，"老天慈悲啊！"母亲感动得流下了眼泪。

由于地窖里藏着冰，无论外面有多热，屋里始终很凉爽，母亲天天有冰水喝，汤母的病很快就好了起来。村里把汤霖祈冰的故事越传越奇，越传越远，传到郡守的耳里，郡守又上奏朝廷，朝廷还传旨嘉奖了汤霖。

母亲的病好了，汤霖重又骑在牛背上，赶着羊儿上山放牧，山林里重又响起他那悠扬欢快的竹笛声。

二十五　江流送鱼筒

　　梁朝杜孝，巴郡人氏，贩茶为业。

　　古人有云："仕不到二千石，贾不到千万，安可比人乎？"照此标准衡量，杜孝做的那点茶叶生意，远够不上可与人比的程度，因此，在商界中也就没有他的地位。然而，杜孝虽不曾在商界中留名，但他对母亲行孝的故事，却流传得很广，连朝廷上下都知道了。梁元帝萧绎还钦题"孝子"二字，派人送到他家。

　　杜孝将"孝子"二字刻了匾，挂在堂上。天成元年，巴郡城内大火，烧毁商号六十多间，民房一百余户，而杜孝家正处在火灾中心，东头的火烧到他家，不救自灭；西头的火烧到他家，又不救自灭了。故此，巴郡有句传言："行孝天佑"，说的就是此事。

　　古时候的巴蜀大地，也就是今日的四川，土地肥沃，物产丰富，虽屡经乱世，而农商不废。只是巴蜀之地山多，交通不便，在经商时往往会遇到意想不到的困难。

　　这年春上，杜孝别了老母，去川西采购每年谷雨前采摘的第一道嫩尖茶。川西地处高寒，谷雨前茶树刚刚返青，顶尖上仅露出两片淡淡的鹅黄，要在此时将这两片嫩尖采下来，一则伤树，二则嫩尖不压秤，一亩地采下来，仅能得新茶四五两。因此，川西的雨前茶较别处的雨前茶更为珍贵，被视为茶中极品。

杜孝离家后，沿驿道西行，走了五日，来到川西重镇成都。从成都继续往西，再行三日，便到了蜀中盛产名茶的蒙山脚下。这里山幽林深，风景甚是优美。怎奈杜孝思念家中老母，无心赏景，抓紧办好货便启程朝回赶。谁知事与愿违，到了成都方得知，通往巴郡的官道不通已数日了。万般无奈，杜孝只好在成都暂住下来。但他心里却急如火燎，整日茶饭不思。离家日久，音讯不通，不知老母在家是否安好？再说老母在家一定日日思念儿子，现在驿使也停了，连传封平安家书都不可能了。怎么办呢？

这日午后，杜孝独自一人徘徊在锦江岸边，眼下正值岸柳滴翠，江水涨潮的阳春三月。杜孝眼望江水，心思远方，就在这时，只见江面上从上游飘下来一只陶罐，陶罐在江面上悠悠地顺流而下，时沉时浮，杜孝看得真切，待陶罐飘到锦江桥下时，便有一洗衣妇立在水中，用手中的捶衣棒将江水不停地朝自己身边划，平静的江水被她划出来一股小小的流径，那陶罐便顺了那股小小的水流，缓缓地靠到了妇人的脚前。

杜孝一直看着那妇人做这件事。他见她将陶罐划到身边后，丢了手里的捶衣棒，将陶罐捧起来，竟见那陶罐完好无损，便伸手往里一掏，掏出来一把黄灿灿的玉米粒，原来是个装粮食的罐子。

杜孝在锦江边看着这一幕，他看得呆了，恍惚间，眼前的洗衣妇变成了他的妻，那从河里捞起的陶罐也没有那么大，从陶罐中掏出来的也不是粮食，而是一封家书，那家书是他写给家中老母报平安的……杜孝想到这里，便连忙赶回客店，将货物托给伙计照管，自己只身去了离城百里外的湔堆，就是今日的都江堰，意欲借岷江之水，给远在千里外的老母捎一封平安家书。

　　杜孝来到湔堽，他买来十只小陶瓶，在每一只小陶瓶里都装上一封亲笔书写的家书，然后将小陶瓶带到岷江边，他每隔一个时辰便朝江中投放一只陶瓶，待十只陶瓶投完后，杜孝的心情骤然变得轻松起来。

　　连着几日，一直没有好好吃顿饭，投完陶瓶之后，杜孝这才感觉腹中饥饿了，便想美餐一顿。于是，他离了江边，来到城中一家饭馆门前。这是一家鱼餐馆，门外悬有"堽鱼居"的幌子，门楣上挂一匾额，上书："天下第一鱼餐"六个大字。杜孝看了，心里想：好大的口气！再看两边门柱上还有一副对联：

　　　　天下果有美佳肴，

　　　　客人来问堽鱼居。

　　杜孝刚跨进门，便有跑堂的上来将他迎到里面小间坐下。小间布置得简朴雅致，两扇临江的花窗推开，便见一湾江水绕堤而流，远山空蒙，颇有几分诗情画意。

　　堽鱼居的鱼果然好吃。杜孝自幼长在长江边，什么样的鱼没有吃过？今日一吃堽鱼居的鱼，方才知道过去吃过的鱼，那仅仅是吃鱼而已，并没有将鱼的味吃出来。

　　这天，杜孝吃得满意，便将店家唤来，先付了账，外加赏钱，这才向店家请教这鱼的做法。他是想回家后如法炮制，将鱼做出鲜美的味来孝敬老母。当下他将所想告诉店家，店家见他是个孝子，也不保留，尽将堽鱼居做鱼诀窍一一告知于他。店家说：做鱼第一是要保留鱼之活性。鱼要活才鲜，因此，不到锅中油已烧烫，不能剖鱼。剖鱼时要快，要在鱼尚活鲜时便已去鳞剖腹整理干净。二是配料要简单。鱼身上自带百味，只需加佐料少许将鱼中自带之味提出，佐料一多、一杂，鱼身上的百味便消失了，做出来的鱼哪里还会有鱼味？三是烧鱼最讲究火候：火差一分则鱼肉不透，味不入；火增一分则鱼味尽失，肉枯燥，难吃，在埝鱼居，这种鱼就只有从窗外倒出去，断不敢端出来待客。

杜孝听店家如此一说，方知天下事，事事均有诀窍，于是将店家说的三条做鱼诀窍牢牢记在心上。谢过店家，起身告辞。不想，店家却止住了他："客官，你只问了做鱼之法，还不曾打听选鱼之法呢。"

杜孝一听，言道："适才店家端出来的不是鲤鱼吗？这种鲤鱼长江随处都有。"

店家听了杜孝的话，笑道："客官差矣，适才给客官做的鱼确实是鲤鱼，只是这鲤鱼与鲤鱼有所不同。客官适才吃的是都安鲤，这种都安鲤只出在我们湔埝，一出宝瓶口，鱼味就变了。这都安鲤每年春洄游到岷江上游松潘草原产卵繁殖，夏日小鱼随大山中融化的雪水奔流而下，岷江上游汇百川水，江水奔腾，气势宏大，幼鱼闯过无数险滩后，方能回到它父母生长的这一方宝地……"

店家讲到这里，停了下来，他对杜孝说："这种鱼别于其他地方的鲤鱼就在于，凡是都安鲤的后代，一到湔埝的分水鱼嘴，就知道舍大流不去，而转头进入内江，其他的鱼则全部顺流去了外江，你说此鱼神不神？"

到这时，杜孝方才恍然大悟，原来这埝鱼居的鱼好吃，除开埝鱼居烧鱼有诀窍外，这非同一般的都安鲤也是关键呀！

杜孝从埝鱼居出来，走在街上，他心中已经盘算好了一个完整的方案。回到客店，他向店家讨了笔墨，将埝鱼居做鱼的诀窍分

· 204 ·

别写在三张纸上，然后在街上买好三只陶罐一包蜡带着，这才来到江边，寻到一位老渔翁，便指名要买三尾一般大小的都安鲤。老渔翁见他手提三只陶罐来买鱼，甚是不解，再看他非本地人，便问他：你既是外乡人，买鱼做啥？将三只陶罐提到江边来又有何用？

杜孝便向老渔翁说出了自己想借岷江之水，用这三只陶罐捎三条都安鲤去巴郡孝敬老母的主意，并将抄录的烧都安鲤的方法拿

出来给老渔翁看,同时告诉老渔翁,说他妻子是烹鱼能手,见到单子后,定能按单上所写将罐中的都安鲤烹好给老母吃。

老渔翁听了杜孝的话,感叹再三:世上竟有这样时刻想着老母的儿子……难得、难得。

老渔翁一生都在江边打滚,对江里的事知之甚多,他见杜孝用三只陶罐装鱼,便阻止他道:"岷江滩多浪急,这等陶罐,不出百里,必尽碎江中。"杜孝听老渔翁一说,也觉得是此道理,只是不用陶罐,还能用何物?

老渔翁见杜孝一副愁眉莫展的样子,便含笑一指左岸:"装鱼之物,岂不现成?"

左岸一片浓荫,春阳下一片茂竹森森。杜孝见了,心头一喜,连忙请人去左岸,伐来一根又粗又大的楠竹。

这楠竹乃蜀中物产,高可十丈,粗可及盆。

当下,杜孝在老渔翁的指点下,将楠竹竹节最长的三节锯下来,接着把竹节一头打开,装进都安鲤,并将所书烧鱼之法用蜡包了,也一并装进去,封好竹筒口,再在竹筒上刻上:"巴郡杜孝奉母"字样。

楠竹皮厚结实,无破损之虑。竹节内能渗进水,加之都安鲤命大,因此,可保数日内不死。待一切收拾停当,老渔翁感念杜孝一片孝心,特意用小渔船将杜孝送到外江,并将小渔船划到江心,供杜孝投放竹筒。杜孝坐在老渔翁小渔船上,他将装了都安鲤的三只竹筒一一放到江中,并目送它远去,这才掉过头来向老渔翁深深一拜。

为孝敬母亲杜孝千里之外江流送鱼筒,这事随着竹筒流向下游,他的孝名便沿江传送。三只鱼筒顺江而下,有在江上行走之人，从江里捞起鱼筒，见上面刻有："巴郡杜孝奉母"字样，便急将竹筒放回江中，如此反复，岷江沿岸很快传遍了巴郡杜孝的孝名。待鱼筒流进长江，有长江上跑船的船家从江心打捞上来，知道是放流巴郡的，有的便将鱼筒继续放回水中，其中有位船家还将竹筒保管在船上，待到了巴郡，亲自上岸访到杜家，将鱼筒奉上。

七日之内，三只鱼筒奇迹般地尽皆到了杜孝母亲手中。

待杜孝到官道畅通，日夜兼程赶回巴郡，母亲早已尝过了都安鲤鱼的美味。非但如此，杜孝江流送鱼筒的美谈，也早已在巴蜀大地传开……

事情果不出老渔翁所料，由于岷江滩多水急，杜孝先前放流的十只陶瓶尽皆碎于江中，十封平安家书尽付东流。然而江流鱼筒所传之信息，不更比平安家书令老母感到欣慰吗？

二十六　泪湿陈情表

烛光闪烁不定，烛泪已流满了灯盘。

砚台里的墨汁都快干了，案前的素笺上白净中泛出淡黄，依然空空的未落下一字。

侧室里不时传来祖母微细的鼾声和粘滞的呓语……

他时而悲泣，时而惊惧，时而烦躁，时而宁静得近乎麻木。

他伸伸麻木的腿，抬起头，直起腰，向祖母的卧室走去。从透窗的月影里，见祖母睡得安适、恬静，便轻轻地为她掖了掖棉被，推开门，走进院子。

冷月微微西斜，在乌云中时出时没；山林四面环合，在夜雾里忽明忽暗。屋后的凤尾竹沙沙作响，门前的黄桷树盘根错节——它用它那把撑天的巨伞，把院子遮得严严实实，屋舍整个儿都溶进了黑暗，连他自己也看不见了。

苍冥呵，你能否给我李密一点自由，一点安宁？

司马氏呵，你何苦对我李密追逼得如此严切？

……李密曾做过三国时蜀汉王朝的侍从。晋灭蜀时，他被俘，后又放还乡里犍为武阳县——即今四川乐山东南。他原想从此归隐林泉，终身侍奉祖母，不再涉足仕途。可当政者一次又一次要他报效新的朝廷。第一次被太守举为孝廉；第二次为刺史推作秀才；第三次晋武帝诏书特下，拜他为郎中；此次，武帝又特诏他为洗马，做太子的侍从官，掌管皇家的图书。前三次他都借故辞谢了，此次再不出山上京，武帝决不会善罢甘休。他想起"竹林七贤"的命运，不禁不寒而栗。

魏晋之际，司马氏大规模屠戮士林，造成了极其恐怖的气氛。山涛、王戎、向秀被迫出任晋的官员，虚以应付；刘伶受不了压抑成天烂醉如泥，作《酒德颂》以遮掩；阮籍终日醉酒，驾着马车漫无目的地在旷野狂奔，没了路就放声痛哭，后被逼迫仍写了《劝进

表》才幸免于难。只有七贤的首脑嵇康铁骨铮铮，宁折不弯，他和吕安在柳树下打铁，常翻着白眼表示对司马氏的轻蔑而终于招至杀身之祸。临刑前，三千太学生为他请愿，都未幸免。他在刑台上，望着西沉的日影，索琴弹了一曲《广陵散》，便永远带着悲愤沉入了黑暗；吕安自然也被杀了……

司马氏放过了哪一位正直而不愿与他"合作"的士人？如果他李密屡诏不应，不也和嵇康等人一样，因"留恋旧朝，蔑视新主"之故而招致屠戮？同时，司马氏频频下诏，也的确向他表示了诚意，且他自己正值壮年，本也应该有所作为；然而，祖母已九十六岁，谁来照应她老人家的起居？他不能自顾前途远离祖母啊！

数日来，朝廷诏令急如星火，地方官员天天上门威逼。他，陷入了进退两难的困境……仰望黑沉沉的天空，星月已完全躲进了乌云。他向谁去诉说，他与谁去抗争？

只有上表，向武帝痛陈实请，别无他法。生也好，死也好，下狱也好，杀头也好，随他处置去吧。天生李密，身不由己，进退失据，何其悲苦！

决心既下，他回房久久地望着熟睡的祖母，垂了一阵眼泪，便伏案疾书。

《表》略曰：

臣，命途多舛，一生忧患，实难备述。

呱呱坠地，仅仅六月，父亲便即去世。年甫四岁，母亲为舅父所逼，又远走他乡。唯有祖母，独怜孤孙，承担起养育的全部责任。臣自幼体弱多病，年满九岁竟不能行走。既无叔伯看顾，又无兄弟资助；外无富强亲朋之扶持，内无一二僮仆之照应——茕茕孑立，伶仃孤苦，形影相吊，只有祖母才是臣唯一的亲人，唯一的依傍，唯一的寄托，唯一的慰藉……

《表》仅写了如上数行，而眼泪已在素笺上湿了一片，祖母的身影不断在他眼前浮动……

春天，她背着他上山去采野花；夏天，她在他床边打扇；秋天，她就为他缝补棉衣；冬天，她把他紧紧搂在自己的怀里。她为他做饭，她为他洗衣，她为他治病，她教他读书，后来，她又背他去上学堂……

最难忘可是那些极端艰难的岁月。五十多岁的祖母，背着八九岁的孙孙，天刚微明就匆匆上路，爬坡上坎，送他去进学堂，太阳西下了，又接他回家。每天往返两次，行程四十余里。她有多累多苦啊，可春夏秋冬从不间断。她病了，但只要能从床上起身，她决不让他辍学。最难忘呵是一个冬天的夜晚。祖母去学堂接他，见他大汗淋漓，浑身战抖，疾病突发。她不知如何是好，眼见太阳即将沉没，她仍背着他径直向场镇跑去寻求郎中。药既到手，夜已深，路又远，风又大，如何回家？更不能让他可怜的孙孙再受风寒啦！可身上无钱，无以住旅店。一向心高气傲的祖母呵，只有委屈自己，向好心人求告。他们住了下来，整整七天，熬药，讨饭，洗浴，更衣，接倾大便小便……她只上过两次床，吃过三顿热饭。眼眶深陷，双腿浮肿，原本壮实的身体瘦得不成人形，从此便一天天衰弱下去……

是祖母给他以生路，是祖母哺育他长大成人，是祖母让他求得了学问……乌鸦尚知反哺，何况于人？他今生今世，纵令倾其所有，尽其所能，也无以报答他祖母的大恩大德啊！

他继续写道：

圣朝以孝治天下，世人莫不仰慕。凡我国中父老，谁不承蒙圣上矜悯而沐浴圣恩？而况臣祖孙二人，其艰难苦楚胜于常人。

臣自少及长，即有谋求仕进宦达之志，从未忧虑个人名节。今蜀汉已灭，臣以亡国贱俘之身，至卑至微，过蒙圣上识拔，优宠有加，岂敢徘徊延滞，心存更高的希冀？只因祖母如日薄西山，气息奄奄，人命危浅，朝不虑夕，何忍心离她而去，唯个人前程是虑？臣无祖母，无以至今日；祖母无臣，无以终余年——祖孙二人，更相为命，所以拳拳之心以奉养祖母终老为是，实实无以离乡远赴报效圣主。

臣密时年四十四岁，而祖母九十有六。臣报效圣恩之日长，而侍奉祖母之时短也！臣区区反哺之情，非独乡里悉知，即若皇天后土实所共鉴。愿陛下矜悯臣之愚诚，体察臣之微志；若蒙圣上宽谅，则祖母幸甚，或许能保卒余年。臣生当尽命，死当结草以报圣恩。

臣不胜犬马怖惧之情，谨拜《表》以闻圣听。

臣李密顿首

秋月沉没于西山之后，晓光泛起于东岭之巅。李密折好《陈情表》，始觉一身轻松。奉养祖母之志益坚，祸福死生只有听天由命了。

好在晋武帝"以孝治天下"，欲收人心于国中；且李密至真至诚、至忠至孝的陈述，即如木石亦当垂泪。司马氏深悯其情，非但未加罪于他，而且特诏赐婢仆二人侍奉他的祖母，下令郡县长期供应李密的衣食，使李密的祖母得能颐养天年。

后人有诗赞曰：

> 一份陈情表，千载有余情；
>
> 读之催人泪，谁不为动心！

祖母去世后，李密不负晋武帝的众望，他去了朝廷——有恩必报啊！

二十七　儿啼惊母乳

　　一场春雨过后，田野的青草像吃饱了母亲的奶汁风长起来。到处是一片碧绿、一片翡翠，青幽幽，亮闪闪，空气里弥漫着令人陶醉、令人兴奋的花草芳香混合新翻泥土的浓烈的新春气息。

　　惠姑弯着腰，挥着镰，急急忙忙割草，手脚麻利地割一把往背上的背篓里抛一把。细细的腰扭去扭来，倒不打紧，唯独胸前两个硕大的乳房沉甸甸的，颤巍巍的，甩来甩去，总不那么方便，不那么舒服。

　　蓦地，她觉得奶头一惊一颤，一股奶水冒了出来，胸前薄薄的衣襟便湿了一片；再后乳房不断颤动，乃至有些发痛，像被野猫的爪子在抓扯。她的心里突生一种恐怖：糟了，宝宝怕有事！

　　她背着半篓青草，扑爬跟头跑回家，推门一看，奶娃仰面朝天，手脚乱蹬乱抓，像在拼死挣扎，瞪着眼，嘶哑而尖利地惊叫着。

　　"宝宝别哭，宝宝别哭，妈妈来了！"宝宝一定是饿坏了。她一边进屋一边喊，一边把衣襟往上推，露出白生生湿漉漉的两个大奶子准备喂奶。可当她走近一看，立即吓得脸青面黑：奶娃胖嘟嘟的粉脸上有几道红印子，红印子还染着一些污迹，像是被什么爪子抓过；鼻头破了一块皮，血不断浸出来，流到了灰白的小嘴上，殷红殷红的。

她明白了。该死的！仇恨的眼睛四处搜索，忽见暗角落里有一团毛茸茸的小东西伏在那里，两点微光一闪一闪的，似乎还有几根须须在动……

"老鼠！"她抓起桌上的笤帚猛地砸了过去。只听叽叽两声，那灰色的家伙一窜，沿着墙根一闪就窜入另一墙角，消失得无影无踪了……

惠姑的遭遇说来有点儿神，据传闻，许多哺乳期的少妇，都有过类似的乳惊、心悸和预感，而且言之凿凿，确实十分灵验。

那么，儿女对父母有没有类似的身心感应呢？

远在二千五百年前的春秋末期，有位著名的学者叫曾参，是大思想家、教育家孔子的学生。少年时代的曾参，对父母满怀亲情。父亲喜欢吃羊枣，他每天都到山上去摘。父亲死后，他每天都还要在父亲的灵位前供奉羊枣，寄托着对父亲无尽的怀念。

有一天，他到山上去拾柴，家里来了客人，母亲年老无法招待。客人不安地等着，想起身回去。母亲急了，无意间咬着自己的手指，咬得出血。这时曾参在山上，突然心里发痛，忍不住，只好回家。见母亲呆坐在那里，食指还含在嘴里。

"娘，你这是怎么啦？"

"你说怎么啦？"母亲从口中拿下指头，边看边说，"你老不回家，客人要走，我急得咬了自己的指头……"

曾参跪在地上，用手压住母亲指头上的血，突然心头一惊："这真是十指连心，母子同命啊！"头靠在母亲的腿上，陷入了深深的思索。

曾参长大成人，远离家乡山东，随孔子到楚国游学。楚国在今湖北及长江中下游一带。一天半夜，他心痛不止，以至难于忍受，一种思亲之情不可抑制。他连忙起床，把情形告诉老师。孔子说这是你母亲在思念你呢。于是他连夜起程，跋涉千里，赶回山东老家。

"儿呐，娘想你想得好苦，想得心都痛了。"

"娘，你的心什么时候开始痛的?"

"啊，怕有二十天了。"

曾参想，恰与自己发病的时间差不多。又问:

"娘，现在还痛吗?"

母亲摸摸胸口，高兴地说:"怎么一点都不痛了?"一骨碌从床上坐起来。

这真是亲情相连，心灵相通啊! 曾参想，母亲孤身一人在家，我不能再远离她老人家了。

宋朝浙江人沈起，是一个远近闻名的孝子。他也有类似的经验。

他在朝廷做官。一次，父亲病重，十分思念儿子，就叫人给他传信。沈起见信后，大惊:几天以来，他心惊肉跳，坐卧不宁，总觉得有什么事要发生，这不就是预感吗? 他想，自己在外做官，没人侍奉老父，其心何安? 父亲的养育之恩未能好好报答，未尽到儿子的责任，要是父亲有什么不测，我一辈子都会痛苦，纵然是有高官厚禄，也是天地间一个罪人啊!

他要回家探望父亲。由于上司与他不合，不许他告假。没办法，他就把乌纱帽摘下来，挂在厅堂的衣架上——也就是所谓的"挂冠"弃职吧——急急赶回家去。一般情况，老年人生病，尤其是在病重的时候，总是特别想念儿女;见到儿女，得到安慰，心情好了，病情也就可能减轻一些。沈父见儿子回来了，不禁喜出望外，加上儿子十分关心体贴，问病侍药，很快就好了起来。

对于沈起"挂冠"弃职，他的上司十分气恼，并想以"擅离职守"的罪名，抓他回来，下狱治罪。可是仁宗皇帝派人查明实情后，对大臣们说："沈起因探望父病而弃官，是可以谅解的。如果我治了他的罪，天下人谁还孝敬父母呢？我们应该提倡孝道啊！人，生养于父母，而依靠在外做事有所成就，没有父母的生养，就没有儿子未来的成就。忠于朝廷的人必定是孝敬父母的人。忤逆不孝之子，能爱他人、能忠于国家吗？孝为百行（各种品德）之先哇。如果沈起平时做官得到俸禄而不赡养父母，父亲病重又不归家探望父亲，请医侍药，那才应该治罪呢。'五刑'中规定的罪行有三千条，罪不容诛者莫大于不孝，这你们都知道，我怎么可以治沈起的罪呢？"

待沈起父亲病愈后，仁宗皇帝派特使把他请回朝廷，复了他的官职。由于沈起孝亲忠国，后来还擢拔他当了更大的官。

相反，仁宗皇帝派人到沈起上司家乡去调查这位弹劾沈起的人，发现他三年未以朝廷给他的俸禄供养父母，更未回家探望父母一次，便以"不孝"的罪名罢了他的官，之后查明他不但没能悔悟，反而怨恨和虐待父母，于是把他杀了头，以此来警告天下不孝的儿女。

曾有首歌曲叫《一封家书》，风靡全国，虽然其中一句引起争议，但其赤诚淳厚的亲情，拨动了多少人的心弦，让人产生共鸣，以至于感动得泪流不止。足见，孝心是人的天性。

由此，做儿女的应该扪心自问了：自己常年在外做官，经商，务工，是否只顾工作、赚钱和个人享受，而不回家探望父母，甚至连信也不写，电话也不打——"儿行千里母担忧"，让父母想得好苦好苦而不自责呢？

二十八　虎口夺母还

　　山上有虎，地上有贼。如果你自己碰上了怎么办？如果你眼见亲人或别人遭遇到危险，又该怎么办？

　　《明史》记载：有个名叫谢定住的大同人，年仅十二岁。一天，家里的母牛哞哞地叫着跑回来了，小牛犊却没回来。母亲抱着小妹领着定住上山去寻找。天越来越晚，林越钻越深，鸟儿纷纷归巢，落日的余晖透进森林，迷迷蒙蒙，静得可怕。定住眼尖，终于在一个巨大的崖腔口发现了他家的黄牛犊。他们急忙奔过去，见小牛犊躺在地上，翻着白眼，已奄奄一息，地上一滩血黑红黑红的，十分可怕。定住惊惶失措，浑身索索战抖。

　　就在这时，一声虎啸，震动山林，树叶纷纷下落。定住机灵，跑得快，可回头一看，一只花斑猛虎已把母亲扑倒。母亲两手紧紧护住小妹。那猛虎窜去窜来，最后一口咬着母亲的大腿不放。

　　定住惊魂稍定，不知哪来的勇气，一下扑了过去，左手揪住猛虎的耳朵，右手向猛虎的脑袋一阵猛击。一个十二岁的毛孩子的小拳头有多重的分量呢？可猛虎竟然夹着尾巴逃窜进崖洞去了。

　　定住浑身酸软，扶着受伤的母亲和小妹，奋力逃离险境。谁知没走几步，那猛虎大吼一声，又窜出山洞，把母子三人一下又扑倒在地。母亲仍用两臂紧紧护住小妹，猛虎撕扯不开，一口就咬住母亲的颈子。定住翻身一跃而起，抡起两个小拳头，雨点般地猛击虎的脑袋。老虎晃晃脑袋，但不松口，似乎它已领教过这小拳头不过几两力气的分量。定住情急，又用脚去踢老虎的屁股，可第二脚还未触到老虎的屁股，那老虎的尾巴像一根又粗又硬的钢鞭，一下把他扫去老远，身子还在地上翻了几翻。定住迷迷糊糊，两手在地上乱抓，碰巧摸着一块石头。他一激灵，抓起石头，一下又扑向老虎，用力猛击，那老虎感到不同寻常的疼痛，放开母亲，嗥叫一声跳开了。

但老虎蹲在树丛里不走，两只暴突突亮晶晶的大眼睛向他们瞪着——真是"虎视眈眈"！

定住扶起母亲，母亲脖颈鲜血汩汩不断外流，她觉得已难逃脱虎口，就要定住抱着小妹逃走。定住想，哪能让母亲受难呢？他坚持要母亲抱着小妹先走，可母亲又怎么放心呢？定住抖擞精神，提着劲儿说："娘，你没见那大虫怕我吗？走，快走哇，让我来顶住它！"母亲忍着剧痛从地上爬起，抱着小妹，欲动未动。

"走哇，娘，你快走哇！"定住急了，粗暴地从背后推着母亲。

母亲拖着受伤的腿走了几步，回头，见定住扬起那块石头，又开双腿，盯住老虎，一动不动。

庞然大物哪儿把一个比自己小若干倍的小毛头放在眼里？到嘴巴的美味绝不放弃。它前爪不住刨着土石，嘴里不断发出惊天动地的怒吼。双方对峙了好一阵子。

"妈，你快走，你快跑呀——"

定住一边催促母亲，一边向后倒退；而那大虫呆了一下，也一步步向定住进逼，越逼越近。定住始终摆脱不了那家伙的威胁，恼怒而无可奈何。"坏蛋……"他情急了，一声大喊，那块石头嗖的一声向老虎掷去。老虎纵身跳开，一团黑影铺天盖地直向定住压了下来。定住就地一滚滚在了一边。定住还未爬起来，老虎又是一跃，他接连滚了几下，又躲过了。这时他已滚到了一座大岩石旁边，背靠着大岩，而左右又被两座房屋高的巨石夹着。"这是一个死角，完了！"他正想跳起来跑开，可那凶恶的家伙呼的一声扑了过来。说时迟，那时快，只听砰的一声，如千斤重物已压到了他的身上。他眼前漆黑一团，胸膛出不来气，肚子上像有几把锯子在拉割，痛得要命。他拼命挣扎，想掀开重压，却毫无结果，可那拉割的锯子似逐渐慢了下来……

"住儿——"

他仿佛听到母亲的呼唤。

"住儿，你用手推呀！"

母亲似已来到了身边。

母子同时用力，总算把那重物掀了开去。他喘着粗气爬起，见老虎侧卧地上，四肢痉挛，虎头碎裂，已奄奄一息。原来是老虎纵跳冲击过猛头触山岩而自毙。

"住儿，你脸抓伤了吗？"

定住双手一摸，手掌上糊满了鲜血。可脸上不痛，只有一些麻麻木木的感觉。而肚皮却火辣地痛得他牙齿直颤。俯身一看，裤腰已被撕得成了一块块布条，而且湿漉漉的，浸透了鲜血。

小妹远远地趴在地上，不哭不叫，似吓傻了。

母亲脱下外衣，把定住的腰紧紧地缠住。然后抱起小妹，一跛一跛地下山。

定住双手搂住肚皮跟在后面，还不时回头，生怕那大虫活了过来，又四处张望，警惕着别的猛兽的袭击。

　　定住搏虎救母的事迹传遍了全村，传到了州府，州府派人前来验证了事实，又上报了朝廷。永乐皇帝特意诏见了定住，嗟叹再三，还赏赐给他大米十石，白银二百两，并在门口特意挂上一道金匾。金匾上题四个耀眼的大字：

孝勇少年

　　但定住并非什么勇敢的少年，因为《明史》上并未记载他成年后当了武勇的骁将，更未记载他勇敢杀敌的赫赫战功。可见这勇敢不过像炸雷一样被汹涌的黑云一时挤压出来的；或许是他胸中蕴藏着一个原子反应堆，被猛虎的突然袭击一下引爆了吧——这原子反应堆就是大大的一个"孝"字。

二十九　老翁彩衣舞

　　古代有个成语"膝下承欢"，是说做儿女的要讨父母欢喜，让爸爸妈妈感到儿女在身边的快乐。春秋时候的老莱子，就最懂得膝下承欢。

　　春秋时期，是诸侯割据，群雄争霸，连年征战不绝，民不聊生的混乱年代。为避战乱，老莱子一家躲进了深山之中，在长江以北的蒙山脚下住下来，靠躬耕度日，一家人过着与世隔绝的隐居生活。

　　蒙山，在当时属于楚国。在楚国人心目中，老莱子不单是有名的孝子，而且是声名远播的一代贤人，甚至有人误认为他就是伟大的思想家"老子"。因此，尽管他隐居深山，还是被楚王知道了。大凡统治者在建立霸业之前，总是特别重视收罗人才。楚王得知老莱子隐居在蒙山脚下的消息之后，便派人专程赶到蒙山，要请老莱子出去做官。

　　一般人认为，大丈夫既生于天地之间，就是为了要成就一番事业。楚王的垂顾，不正好让老莱子有施展才华的机会吗？谁知，面对高官的诱惑，老莱子却不为其所动。他谢绝了出去做官，并连夜携家人从江北逃到了江南。

　　老莱子之所以要这样做，一则是因为他对当时统治者只顾自己争霸天下，大肆杀掠不满；二则是他的老父母尚且健在，他的孝心忒重，他要每日亲自侍奉老人，承欢膝下。

　　老莱子为避官逃到江南之后，发现二老整日眉头深锁，似有烦恼之事揣在怀中。为弄清二老为何烦恼，老莱子除开三番五次探问老人，还时常细心从旁观察，终于，二老的心事被老莱子弄清了。原来二老是为自己活在世间耽误了儿子前程而心中不安。知道了二老的心病之后，老莱子便对二老讲述了庄王二十年，楚军围攻宋城五个月，致使城中粮尽，宋人竟易子而食、折骨而炊的惨状。然后问二老："莫非要儿子去献此等攻城略地之策不成？"

　　二老听了老莱子的话，想一想，便认为儿子为了留在家中孝敬老人，而不去做那种伤天害理的官，岂不是件好事？于是，紧锁的眉头终于舒展开了。

　　然而，老人毕竟是老人，寿高而处乱世，哪里会有舒坦的心情，愉悦的晚景？两位老人终是郁郁不乐。

　　老人们的情绪，老莱子看在眼里，便在心里想：做儿子的，不能让老人愉快，能称得上孝顺吗？而要使老人愉快，大到天下太平，非我所能；小至让二老去病强身，亦非我所能；那当儿子的又能为父母做些什么呢？

　　一日，老莱子在山中听到一种鸟叫声轻快而又婉转，甚是好听。听此鸟叫，仿佛听一位歌人在引吭高唱一支欢快的歌曲，令人胸怀舒展，情绪活跃。老莱子驻脚听了很久，鸟儿飞走了，他还追上去继续听。于是，他便想：如果能捕捉一只这样的鸟儿，放在老人们身边，让它的声音愉悦二老的心情，那该有多好。他相信两位老人家听了此鸟的叫声，也一定会像自己一样心旷神怡的。

老莱子决定要为二老捕捉一只这样的鸟。他辞别了家人，翻山越岭去外地向捕鸟人请教捕鸟的方法。在捕鸟人那里，他不单学会了怎样捕鸟，而且学会了怎样编织捕鸟的网。从捕鸟人那里回来，老莱子每天早早地起来，带上捕鸟的用具进山去。要捕到一只他想要的那种鸟，首先要弄清楚那种鸟在什么地方以及什么时间出没，待这两项弄清楚了，接下来便是织网布网。皇天不负苦心人，老莱子终于捕到了一只他要捕的那种鸟。

那天，老莱子将鸟装进笼子里兴致勃勃地带回家中，不想那只鸟却在笼中不断地扑腾碰撞，并不叫。两位老人见了，非但不开心，反而焦急气促，并连连对老莱子说："儿呀，放了它吧，放了它吧……"

见此情景，老莱子只好将好不容易捕来的鸟打开笼门放了。

两位老人看着腾空飞去的鸟儿，长长地舒出一口气。

老莱子原本为讨二老欢心，这才捕回去那只鸟，不想老人的欢心没讨到，反害得二老焦心，在二老眼里，自己无异于作了一次孽。

两位老人仍是郁郁不乐。

老莱子对二老除一日三餐侍候饮食之外，还要为老人熬些从山里采来的性温而又滋补的山药汤。这天，老莱子将熬好的山药汤端到堂上去给二老喝，不小心，脚下一滑，汤便洒了一地，自己也跌倒了。两位老人见他跌倒的样子很滑稽，便禁不住笑了起来，说道："我儿偌大年纪，还像小孩儿一样跌跤……"

老莱子趴在地上，本欲翻身站起来，扭头见二老瞅着自己跌跤的样子，脸上竟露出了难得一见的笑容，于是，索性不起来了，就势趴在地上，曲脚拳手地不起来，嘴里还学小儿摔跤后的啼哭声，逗得两位老人更加开心地笑了。

由此，老莱子想，学小孩子跌跤不失为逗二老取乐的一种游戏，虽然自己年龄大，有危险，小心一点就是。

这年，天干数月，河水断流，远近几十里都找不到水吃。二老口渴难耐，十分忧愁。老莱子天亮就出门找水，天快黑了，才见他颤颤巍巍担着两只水桶爬上院坝："爹——娘——我回来啦！"二老十分高兴。谁知老莱子脚下一滑，两只水桶便乒乒乓乓滚下坎去。老母急忙前去扶他，他却赖在地上，又哭又闹，一把眼泪，一把鼻涕，两脚乱蹬，双手乱舞，活脱脱一个顽皮的小无赖。细心的老母用手摸摸地上，没见一点水迹，知道老莱子又在装痴卖傻了，便扯住他的耳朵要他起来。"娘，你饶了孩儿吧！"说着，老莱子一溜烟跑下坡去，转眼又挑着两只水桶来到院坝。水桶里的水清清的，在初升的月亮下闪着亮光。原来老莱子刚才挑着的是两只空破桶，故意逗二老玩耍，这两只桶里才有水呢。二老知道了情由，喝了清清的泉水，开心地笑了。笑过之后，老母心疼地说："孩儿呀，你也是六十多岁的人了，以后再不准跌跤取乐了，跌伤了怎么办？"老母抹着眼泪说："娘知道儿的苦心……"

老莱子很惭愧，怎么能让二老为自己担心呢？再不能用跌跤的游戏取乐了。可是应该怎么办呢？

过了几年，二老越来越老了，一个九十八，一个九十九，更加寡言沉默。老莱子想，一定要让二老快快乐乐地度过晚年。

一个仲秋的夜晚，老莱子读书晚了，天凉，他随手抓过一件衣衫披在身上，忽然想起两位老人，便掌灯来到二老的房间。两位老人还没有睡，正拥被坐在床上，见老莱子进来，身上披着一件花衣，便感觉甚是有趣，多皱的脸上展开了笑容，缺牙的嘴巴也张开来，像是要说什么，终因禁不住笑而没能说出来，那情景着实令老莱子开心。他没想到二老见了他会如此喜悦，同时又有些丈二和尚

摸不着头脑，在二老手眼并用的指示下，老莱子才明白了，令人发笑的原因出在自己身上。于是，他便低头朝自己身上看，并仔细寻找，他找了好一阵，什么也没发现，便睁了双眼茫然地注视着二老。这样一来，两位老人更觉得好笑了，笑过一阵之后，才一边用手揩着眼角笑出来的泪，一边指着老莱子的背后，说："儿呀，看你穿的那件衣服……"

老莱子把披在身上的那件衣衫扯下来看，啊，原来那是自己妻子穿过的一件花衣，他当时并未看一眼便披在了身上。

那天夜里，老莱子非常高兴。他为自己无意中发现了能讨两位老人开心的方法，激动不已。这不是很好办到的事吗？身披花衣，以后还可以将花衣做得更花一些，更可笑一些，接下来还可以穿上花衣舞蹈，岂不是更令老人喜悦？这样一来，舞蹈还可以变换动作，花衣也可以变换花样，如此下去，何愁老人不开心？

于是老莱子每日穿上用各种花布料做成的一件五彩斑斓的花衣裳，头上插着美丽的羽毛，脸蛋儿打得红红的，手里敲着两块竹板儿，一边做怪相，一边打滚儿，又唱又跳，像小孩儿家一般活泼顽皮。他唱道：

> 花花衣，身上罩，
>
> 翩翩起舞乐逍遥。
>
> 头上插羽毛，
>
> 活蹦又乱跳；
>
> 手敲竹板儿，
>
> 唱段莲花落（lào）。
>
> 老翁小儿舞，
>
> 好笑不好笑，

　　　　　老爹老妈呀，

　　　　　笑笑身体好！

　　老爹老妈果然笑了。笑得合不拢嘴，笑得前仰后合。老妈还拉着老莱子一起跳起舞来，感动地说："老莱子你在妈妈面前，永远不老，永远是妈妈的好孩子啊！"

　　是的，老莱子无论多老，怀着一片至诚的孝心，在双亲面前，始终以孩子的面目出现。要知道，这年他已整整七十岁了。为此，后人有诗赞曰：

　　　　　白头犹着彩衣舞，

　　　　　为悦双亲休言狂；

　　　　　至诚至孝老莱子，

　　　　　且作痴儿又何妨？

　　由于老莱子对双亲竭尽取悦之事，使双亲乐而忘忧，故两位老人均活到百岁以上，最后双双无疾而终。

　　要说起来，老莱子本一代贤人，他在隐居期间著书十五篇，被后人收在《汉书·艺文志》中。他的才学文章由此可见一斑。但在历史上，老莱子的才学文章却远不及他的孝名影响深远。翻开典故词曲，诸如："老莱娱亲"、"斑衣戏"、"斑衣奉亲"、"衣同莱子"等等，关于老莱子对二老行孝的条目就有十几二十条。此外，历代著名诗人也差不多都在自己的诗作里引用过老莱子行孝的典故，如曹植的《灵芝篇》："伯瑜年七十，彩衣以娱亲。"苏东坡的《余主薄田挽辞》："忍把还乡千斛泪，一时洒向老莱裙。"黄庭坚的《还家呈伯氏》："斑衣奉亲伯与侬，四方上下相依从。"杜甫《送韩十四江东省觐》："兵戈不见老莱衣，太息人间万事非。"等等。

三十　六月飞白雪

窦天章终于从病榻上爬起来了。

"爹爹，快走哇，天时不早了！"

窦天章望着女儿，心里有说不出的彷徨。家境贫寒而又时运不济，十年寒窗不易呀，可临到秋闱大比，他正要赴京赶考，又生了一场重病。多亏女儿日夜侍奉汤药，病好了，却欠下蔡氏许多债务，而且还需要一些银钱做路上的盘缠。他穷愁无奈，只有放弃赴京的打算。女儿说，此次不去，又要等待三年，不如让她去蔡家抵债，千万不能耽误今年的大考。好女儿啊，爹实在欠你太多太多……

道路曲曲折折，青青野草延伸到很远很远。窦娥挎着包裹，拿着雨伞，紧紧跟在爹爹的后边，见爹爹那瘦弱的身子，眼泪涌了出来。爹爹满腹文采一定能够高中，但此去京都怕有三千里吧，他能走得到吗？如果有什么不测，地北天南，他乡异客，谁照看他呢？

十里长亭已经过去，窦娥送爹爹一程又是一程。

"回去吧，娥娥，你总不能把爹送到京城呀！"他接过包裹和雨伞对女儿说，"你到蔡家，一要好好侍奉婆母，二要好好服侍丈夫，自己还要好好保重。爹爹一旦高中就回来看你。"

"爹爹……"窦娥禁不住放声哭了起来，眼泪沾湿了父亲的胸襟。"你放心地去吧，莫要担心你的女儿……你在路上要小心……你可一定要高中呀，女儿等你金榜题名……回来看我……"

山回路转，窦天章身影已不见许久，窦娥还泪眼朦胧地望着父亲远去的地方。山长水阔，天涯路遥，爹爹此次一去，好叫人担心啊，虽然自己的前途未卜，但她的心一直系念着爹爹。半年过去了，不见爹爹高中的消息，一年两年过去了，爹爹仍是杳无音讯。窦娥日夜惦念爹爹，凄凄酸苦，无可言状。

但她去蔡家毕竟已是十五六岁的少女了，兼之蔡家生活较好，她的身体迅速成熟起来。体态丰盈，脸色红润，光彩照人，而又特别温柔多情，深得蔡家母子的喜欢。在她父亲离乡的第二年便与蔡氏的独生子蔡贵男结了婚。

蔡贵男也是一个多情种子。小伙儿生得清清秀秀，一双熠熠生辉的眼睛特别善解人意。他终日与窦娥搂搂抱抱，卿卿我我，极力把窦娥的思亲之情引到自己的身上。而窦娥一旦投入蔡郎的怀抱，确也把思亲之苦冲淡了不少。

男欢女爱，晨昏无暇，如此过了两年。

一天夜里，小夫妻俩躺在床上。窦娥对贵男说：

"一个男子汉怎么可以成天吊在女人的裙边上呢？你我虽然彼此十分相爱，但不能误了你的前程啊！你是蔡家的独生子，长此下去怕婆母也不喜欢呢。"

贵男的头埋在她的胸膛上，半天不说话。听得厌了，便说："我能做什么呢？"

"你没念多少书，当然没法进衙门做事……"

贵男说："把你的'子曰''诗云'给我喂一点不就成了吗？"

"别打岔嘛，我在说正经话呢。我们家开干杂店，还有些钱，店里有婆母和我照应，你可以出去做做生意，行吗？"

"我可不愿离开你！"

贵男说着又翻到了她的身上。一阵风风雨雨之后，便甜甜地睡了过去。

唉，都二十一二岁的人了。还像一个孩子。

沉溺于浓情蜜意中的男女，没有什么日日月月，转眼又一个春天来了。在窦娥和母亲的反复规劝下，贵男终于走出了家门。

开始，就在本县跑跑买卖，三天两头赖在家里不走。由于赚了些钱，便又和三朋四友混在一起喝酒赌博。一天，张驴儿对他说："男子汉大丈夫，赚几个小钱顶屁用，不如到外省去闯江湖，说不定能大捞一把。你要干，咱哥们就帮你！"贵男这时也有些狂了，而且在温柔乡泡了两年多，也觉得淡了，倒不如和朋友在一起玩得开心。于是便邀张驴儿一道，从家乡山阳县发运大米去到了河南。

此事决定之前，窦娥一再劝诫，叫丈夫不要和张驴儿一伙，说张驴儿不是个好东西，钱没几个，却在一帮无赖中称"大哥"。有些话她没说出口，张驴儿常背着丈夫向她挤眉弄眼，乃至动手动脚……他安的什么心呢？但丈夫已被张驴儿笼住了，她的话一句也听不进去了。

从九月初起程，到十二月中旬还没回家。窦娥日思夜寐，担惊受怕。还要尽心侍奉婆母，宽婆母的心。日子长了，连粉嫩的脸蛋儿也渐渐失去了光彩。

丈夫始终没有回来。据同去的张驴儿说，他们被土匪抢了，贵男当场被杀死，他本人幸而腿杆长跑得快，只左膀子上挨了一刀。他还脱下衣服给窦娥婆媳看——有一寸多长一道伤口，还没完全愈合。

窦娥被痛苦、绝望和悔恨折磨得差点儿投缳自杀。

而婆母蔡氏三十多岁就守寡，五年后这又失去独生儿子，岂有不悲痛的？但饱尝人世甘苦的她只有"认命"，悲怆地喊了几天"老天爷呀"之后，也就渐渐地平静了下来。"日子总是要过下去的呀！无论老天有多缺德。"她想得开，也这样宽慰自己的儿媳。

儿媳窦娥自幼就懂得孝敬父母。她极力忍住自己年少丧夫的痛苦，一门心思去安慰婆母，把婆母服侍得无微不至。

婆媳便就这样相依为命。

但是"寡妇门前是非多"，何况是两个寡妇呢？

小寡妇年不满二十，白白净净，纯然还是一枝开得正艳的鲜花，就是老寡妇也不过四十出头，虽然相貌平平，可长得富态，在一般老光棍眼里，她还是一块肥肉。

张驴儿的老爹——老光棍，早几年前就想吃蔡氏这块"肥肉"，当然还有干杂店那些干菜。只是碍于蔡氏身边有个讨厌的儿子，不便行事。现在好了，蔡氏的儿子死了，而自己的驴儿快三十岁了，也是个光棍儿，于是父子俩便串通一气，像两只绿苍蝇一样，成天叮在蔡家的两个寡妇身上。老光棍上午去，小光棍下午去，有一搭，没一搭，赖着烂板凳不走，嗡嗡嗡，呜呜呜，弄得两个寡妇心烦意乱，又恨又怕，惶惶不可终日。

街坊邻里谁没生眼睛长耳朵呢？但是惹不起，驴儿和他老爹是山阳县城有名的"父子流氓"啊！

这天，老驴子架着二郎腿，坐在蔡家门口，憨憨地望着街上过往的行人，整整一个下午。快上灯了，铺门关了，他干脆尾随着蔡氏跟进后屋，又在一把木椅上舒舒服服地坐了下去，而那双暴突眼，死死地盯着蔡氏。

蔡氏是个胆小怕事的女人，她不敢撵老驴子走，她只有用蒲扇啪啪地拍打着自己的腿，驱赶着身上冒着的热气和嗡嗡乱飞的蚊虫，把头扭到一边，不去看老驴子那副馋相。

可窦娥实在忍不住了。先是把锅盆瓢碗弄得山响，老驴子还不知趣，她就干脆大声呼喝起来："嗨！赖在这儿都大半天了，不嫌累？"

"'嗨嗨'，你'嗨'哪个啊，没老没少的。好歹我还是你的张大伯……"

"什么张大伯李大伯，我认不到！"

"咦！咋个说啊，你只认得我那小驴儿是不是？你不认得我，你婆婆可是我的老相……相识……"

老驴子早就想找话说了，他那一肚子驴粪正想往外拉，没想刚一撅屁股，又被小娥"呸！呸呸"的堵了回去。

"小娥！"蔡氏大声地制止媳妇，回头又对老驴子说，"天都要黑了，你也该回去做饭了。"

"做么子饭喽，小驴儿在泡赌场，我一个人回去怪冷清的。"老驴子涎着脸说，"就不能跟你们婆媳搭个伙？"

蔡氏羞得两颊通红，小娥气得脸青面黑：

"滚！滚！老不要脸的。再不滚，我要喊街坊了！老不要脸的……"

"滚？嘿嘿，滚，滚就滚……"老驴子见小娥厉害，也只有悻悻地往外走。出门前又回头恶狠狠地对小娥说，"哼，看哪个不要脸，总有一天，我要叫小驴儿好好教训教训你这个小……小寡妇……"

老驴子走了，蔡氏的眼泪涌了出来。家里没男人，寡妇受人欺呀！小娥把饭菜端到她的面前，怎么劝，也吃不下去。

"妈，还是吃饭吧，啊？那老驴子谁不知道是个老流氓？你生他的气有什么用呢？吃饭吧！"

"唉……"蔡氏把筷子拿起又放下。她呆呆地望着媳妇，想，自己反正都老了，可这日子媳妇咋个熬得过去……

小娥也没吃饭，她端起一大盆脏衣服往外走。

"你怎么不吃饭？"

"妈，你快吃吧，我去河边洗洗衣服就回来。"

小娥想，她要趁老驴子走开这段时间，抓紧把衣服洗了。

小娥用棒槌捣着衣服，那噼噼啪啪的声音，在寂静的小河边格外清晰，也格外惊心，她的心跟着捣衣声咚咚地跳。衣服没洗干净，她端起盆子就往家跑。她担心老驴子又去她家，缠她的婆母。

她回到后屋，灯光下，桌上的饭菜依然凉着。也许婆母怄着气，回歇房睡了。她想晾好衣服再去看婆母。她刚开开门，走进院坝，便听到从紧挨院坝的窗户里传出婆母低微而不甚清晰的叫骂声："……你，你不得好死……你，你个砍脑壳的……你欺侮，欺侮我们孤儿寡母……"

最初，她以为是婆母为晚前的事，气不过，一个人在骂老驴子。但当她走近窗户，又听到床上的吱嘎声和男人粗重的喘息，她一下懵了，她不知该怎么办。她想叫喊，怕婆母因感到羞辱更加痛苦；她想不喊，又怕婆母继续受到糟蹋。她砰地一声，把盆子砸到地上，便随即跑进后屋，拿起棒槌，躲在婆母歇房门后。老驴子听到响声，忙忙地提着裤子溜出来，她举起棒槌劈头盖脑地猛打，一直把老驴子追打出大门。

她把大门关好，拴好，又用板凳顶住。才远远地喊："妈，我回来了！"

没有应声。

"妈，你怎么没吃饭呢？"

她举着灯慢慢走进婆母的歇房。

"妈，你睡了吗？"

她走近婆母的床边。见婆母用被单紧紧捂住身子，用双手蒙住脸。她该怎么办呢？她想，她最好什么也别问，什么也别看。于是她说："妈，那你就好好睡吧，待会儿睡醒了，我再给你端饭去。"说着端起灯就往外走。

可她刚要出门，被婆母叫住了。回身再看婆母，婆母的手已从脸上拿下来。她的眼睛愣愣地瞪着罩顶，显得很平静——是极度痛苦后绝望的平静。这反而使窦娥感到恐怖。

"……媳妇，妈要死了……妈还顾什么脸面……"

"妈……"

窦娥一头扑在婆母的胸膛上，伤心地大哭起来。

"……妈没法活下去了……妈只是不放心你……我疑心贵儿就是那小驴子害死的……妈不放心你……"

"妈，我决不让张驴儿欺侮我……你放心……"

"妈相信你……可那小驴子不会放过你……妈要尽快给你找个婆家……"

"妈，你别说了……"窦娥伏在婆母的胸膛上，哭得更加伤心，

"我不会再嫁的，我要服侍你老人家一辈子，服侍一辈子……"

"唉，别说傻话了，你还年轻得很……吃饭去吧，让我一个人静一静……"

窦娥给婆母擦了澡，换上干净内衣，便离了婆母的歇房。

且说张驴儿在赌场一向是输打赢要，从没亏过本。今天手气不好，虽输人没输钱，但总觉得晦气，于是又到酒馆里去一直泡到深夜。

他醉醺醺地回到家里，一进门听到老爹直哼哼，点着灯一瞧，额头上一个大乌包已渗出了血。老爹说背上还有几处伤，都是那小寡妇打的。

张驴儿血红的眼睛一瞪："你碰她啦?"

"没，没，"老驴子连忙声明，"儿子的人老子咋个去碰? 我只不过碰了老寡妇，她就……"

"住嘴!"张驴儿一声断喝。老子不说他也明白。小寡妇不是省油的灯，是一枝扎手的花。他也被扎过多次，一次没能得手，但他耐着性子，他不光搞她一两次就完事，他要占她一辈子。但此时他觉得只有动武了，只要强攻一次得手，她一失身就会乖乖儿地听他的摆布——前几个女人不就是这样过来的吗?

他对蔡家的门早就摸得很熟。他去到蔡家墙外，身子一纵双手抓住墙头，腹一收，腿一骗，便翻过了墙头，双脚轻轻落地。他径直走近窦娥的窗前。

虽然夜深了，窦娥婆母都未睡着，她们都听到了响声。窦娥急忙翻身下床，去关窗门。

可是晚了，张驴儿用力推拒，终于钻进了屋。今儿他再不用拿话挑逗，他牛高马大，直扑窦娥。窦娥无论怎么撕、咬、踢、骂，都无济于事，她被压得出不来气，渐渐地动弹不得。张驴儿开始扒她的裤子。就在这时，他的屁股上像被什么东西猛戳了一下，回头一看，黑乎乎的窗外一个人影，正拿一根竹竿向他戳来。那竹竿又粗又长，拖不进去，于是他一手按住窦娥，一手抓住竹竿向外一推。人影倒了，但竹竿好长一截龃在屋内。当他一手把窦娥的裤子撕烂再一次压上去的时候，那竹竿又戳了过来……就这样反反复复，他实在无法施展他的淫威，只有骂几声"老娼妇"，便翻过墙头悻悻地离去了。

窦娥逐渐恢复了精力，开门放婆母进去，婆媳俩抱头痛哭，直到天明……

蔡氏下了狠心，一定要窦娥改嫁。她叫人把窦娥的舅父找来商量，只要找到一个好婆家，她就要备办好全部妆奁，把窦娥当自己的女儿一样嫁出去。

但窦娥坚持不走。她说：她嫁到蔡家，就是蔡家的人。她要尽儿媳的孝道，丈夫死了，她还要为丈夫尽儿子的孝道。而且如果她一离开蔡家，婆母孤身一人谁来照看？

不过最终还是被婆母"撵走了"。婆母要她先去舅父家避一段时间再说，稍后又立即派人送去了一百两银子。

舅父舅母对窦娥也很好，很快就为她找到了一个好婆家，那男人窦娥也很喜欢。窦娥三天两头去看蔡氏，给她洗衣，做饭，打扫屋子，一如既往侍奉她，安慰她。在她出嫁前又带着礼物去看蔡氏。可这一次见蔡氏病了，她就再也没能回舅父家去，婚期一推再推……

蔡氏的病日渐沉重，而张驴儿父子依然不时骚扰。

窦娥白天开店营业，天没黑就门窗紧闭。婆母终日躺在床上，她为她熬药，做饭，洗澡，更衣，倒屎尿，通夜通夜陪伴着她，安慰着她。就这样，半年过去了，一年过去了，两年过去了。蔡氏的病时好时歹，而人已瘦得不成样子。

蔡氏反反复复地对窦娥说：

"我的病好不了，一时又死不了，总不能就把你一直拖下去。你已尽了别人难以尽到的孝心，你一天不出嫁，我一天就不心安……"

窦娥说：

"妈，医生说你的病并无大碍，主要是因过分伤心伤了肝。只要想开一点，坚持服药，好好吃饭，病，就会一天天好起来。婆婆为儿媳着想，当儿媳的也要为婆婆着想。只要妈的病好了，我出嫁就是。"

不久，蔡氏的病果然有了起色，一天早晨她居然下了床。春天来了，这天天气特别暖和。下午，蔡氏说，她有半年没出门了，她想出去走一走。窦娥要关上铺门陪她出去，她坚持要窦娥看家，说生意越来越清淡，不能关铺门。窦娥不依，她仍然关了门，陪婆母一道出去了。

窦娥扶着婆婆走了两条街，又在小河边坐了好一阵。晒着暖洋洋的太阳，看沿河一树树青枝绿叶的垂柳，一树树红灼灼、白灿灿的桃花、李花，蔡氏脸上竟露出了笑容，觉得更有精神。她说："娥娥，看来我的病硬是要好了。"

"妈，我说你会好起来吧？你还不信呢。"窦娥也兴奋得满面笑容，"再吃两副药，我给你炖两只鸡补补身子，你会很快就复原了。是不是呀？"

窦娥像小女孩撒娇，扳着婆母的肩摇了两摇。可蔡氏忽又淌出了眼泪，难过地说：

"唉……贵男死去四年多了，我一病就是两年，把你拖累苦了，耽误了你的前程……"

"妈，你这是说哪儿的话嘛！"

"不管咋说，妈病好了，你一定要出嫁。啊？听妈的话。"

"妈，依你就是。"窦娥红着脸说，"可一定要等你好了我才走哇，你可别担一个撵媳妇出门的坏名声啊！"

说着咯咯地笑了起来。

"我才不怕呢，你不走，我就拿棍子撵!"蔡氏也高兴地和媳妇说起了笑话。"呃，那个人还在等着你吗?"

"妈——"窦娥不好意思又摇了摇婆母的肩膀，并随意地给她捶着脊背。

"我问你呢。"

"等呢，等呢，行了吧? 就让他干等着吧!"窦娥在婆母背后吃吃地笑个不停，她捶背的手慢了下来，她的眼睛望着远方，她的心确也飞到了那个忠厚的男人身旁……

但是当天晚饭后不久，蔡氏突然死了。

她服了毒。

窦娥哭得死去活来。可她被官府捉了去，同时张驴儿也被捉了。她和张驴儿都成了杀人犯。杀人的动机是一为夺取蔡家的财产(经官府查实蔡氏有产业价值达三百两白银)，二为蔡氏久病不死，拖住了他们的好事。证据是蔡氏多次撵她再嫁，她赖住不走，她和张驴儿是一对奸夫淫妇。原告是蔡氏的小叔子(即蔡氏丈夫的兄弟)。

窦娥被绑赴刑场那天，正当盛夏，太阳火辣辣莫遮莫拦地烤着监斩官、刽子手、衙役和前来看热闹的市民。

午时三刻快到了。监斩官问:

"窦娥，你还有什么话说?"

窦娥在狱中多次申诉，此时她已无意再说什么。她昏昏沉沉，只说:

"我请老爷在旗杆上挂一幅白绫。我要证明自己是清白的。"

"此话怎讲?"

"如果我不清白，则血流地上; 如果我是清白的，则血飞白绫。"

"好，就依你。"监斩官叫人把一幅白绫挂在旗杆上后又问："你还有何话可说？"

"如果我窦娥无辜被杀，天可怜见，一场大雪飞下，会掩盖我清白之躯……"

"胡说，你没见这六月白花花的太阳吗？"

窦娥不再说话，她引颈待斩。

可一阵狂风吹来，树木摇动，尘灰四起，一霎时天空阴云密布。

刽子手的大刀举起又放下，呆呆地望着监斩官。监斩官打了个寒战。但箭在弦上不得不发了。"斩！"他厉声喝道。

窦娥倒下了。奇怪的是，血，果然全都飞到挂在旗杆的白绫上去了，地上一点未沾。而且突然从天上纷纷扬扬飞来一团鹅毛大雪，转眼间便把窦娥的尸体掩埋住了，积雪高高隆起，像白雪垒起的一座坟冢。

在场的人全都惊呆了，议论纷纷："看来窦娥真是一个枉死的鬼。""窦娥本来就是一个孝顺的媳妇嘛！""活天的冤枉啊！"

窦娥的父亲窦天章终于回来了，不幸的是他迟回来了一个月。他因病误考，在京城落难三年，前年才又有机会考上了进士。在京做官一年多，政绩卓著，今以巡抚的身份来到山阳县，他为女儿申了冤。

原来毒死蔡氏的不是窦娥，也不是张驴儿，而是蔡氏的小叔子。蔡氏和窦娥一死，他就是蔡家财产唯一的继承人。毒药是他趁蔡氏婆媳那天去小河边时，翻墙放进药罐里的。当时曾有邻居看见他翻墙，但直到窦娥的父亲做了大官回来才敢出来作证——因为蔡氏的小叔子也是山阳县城的一个有名的无赖。

张驴儿是该死——不过他的罪行是杀死窦娥的丈夫蔡贵男。窦娥虽以"不孝"的罪名被杀，但她终究还是个被人称颂的孝妇。

后　记

　　随着新时期的到来，为复兴和弘扬民族传统优秀文化，许多远见卓识的教授、学者、作家、出版家，已经做过大量有益的工作；在倡导孝德方面，流传千古而近半个世纪销声匿迹的《二十四孝》、《百孝图说》等终于再版问世了，不能说不是一件好事。但这些传世之作，因其语言简古，又必然打上那些时代的烙印，故极难为现代人所接受。《孝敬父母故事新编》（作者今注：香港转载时更名为《孝亲谱》）这部通俗读物，既珍惜传统文化，又对它进行了彻底的改造，其主要原则是：一、研究传世之作，参证历史及传闻，剔除其封建、迷信、违情悖理的糟粕，增编政治家、科学家、文学家孝亲的故事。二、彻底改写，推陈出新，既尊重历史，又使之合乎人性人情，合乎现代人的伦理道德，有利于现代文明建设。三、力避同类重复，择要突出典型，从多侧面多角度表现如何孝敬父母。四、力避抽象说教，增强知识性、趣味性、可读性，用形象生动的文学手法和现代汉语描述故事，使读者在阅读中潜移默化、自然而然受到感染和教益。

　　作品在成书过程中曾得到多方面的支持：四川省教育委员会主任颜振为之作序，著名画家程国英先生为之插图，四川省新闻出版局局长李正培、四川省精神文明办副主任刘朝清、民进四川省委会成都市委会的领导同志、四川师范学院原党委书记梁德玺同志、成都市七中戴高林校长、成都市十中高级教师陈复兴老师、成都市蜀星中学高级教师徐元弟老师等，都给予了很大的帮助，笔者在此一并表示衷心的感谢。

1998 年 6 月于成都

又记：《孝敬父母故事新编》1998 年四川人民出版社出版，重印四次，2000 年、2010 年左右四川《晚霞》和《香港佛教》两种杂志先后连载。

2017 年 5 月

责任编辑：张伟珍

图书在版编目（CIP）数据

孝敬父母故事新编 / 万千 编著 . —北京：东方出版社，2018.12
ISBN 978－7－5207－0300－0

I. ①孝… II. ①万… III. ①故事－作品集－中国－当代

IV. ① I247.81

中国版本图书馆 CIP 数据核字（2018）第 057175 号

孝敬父母故事新编
XIAOJING FUMU GUSHI XINBIAN

万千 编著

东方出版社 出版发行
（100706 北京市东城区隆福寺街 99 号）

北京汇林印务有限公司印刷 新华书店经销

2018 年 12 月第 1 版 2018 年 12 月北京第 1 次印刷
开本：880 毫米 × 1230 毫米 1/32 印张：7.875
字数：181 千字 印数：0,001－3,000 册

ISBN 978－7－5207－0300－0 定价：32.00 元

邮购地址 100706 北京市东城区隆福寺街 99 号
人民东方图书销售中心 电话（010）65250042 65289539